共和国的历程

乘风破浪

解放舟山群岛、苏南诸岛和万山群岛

周宝良 编写

蓝天出版社　吉林出版集团有限责任公司

图书在版编目（CIP）数据

乘风破浪：解放舟山群岛、苏南诸岛和万山群岛 /周宝良编写.
—北京：蓝天出版社，2014. 1（2023.3重印）
　　（共和国的历程）
　　ISBN 978-7-5094-1070-7

　　Ⅰ．①乘… Ⅱ．①周… Ⅲ．①革命故事—作品集—中国—当代 Ⅳ.
①I247. 8

中国版本图书馆 CIP 数据核字（2013）第 305429 号

乘风破浪——解放舟山群岛、苏南诸岛和万山群岛

编　　写：周宝良
策　　划：金永吉　荆忠峰
责任编辑：祖　航　梅广才
出版发行：蓝天出版社　吉林出版集团有限责任公司
地　　址：北京市复兴路 14 号
邮　　编：100843
电　　话：010—66983715
经　　销：全国新华书店
印　　刷：北京柏玉景印刷制品有限公司
开　　本：710mm×1000mm　1/16
字　　数：69 千
印　　张：8
版　　次：2014 年 4 月第 1 版
印　　次：2023 年 3 月第 3 次
定　　价：29. 80 元

前　言

中华人民共和国自 1949 年 10 月 1 日成立以来，已走过了六十多年的风雨历程。历史是一面镜子，我们可以从多视角、多侧面对其进行解读。然而有一点是可以肯定的，那就是，半个多世纪以来，在中国共产党的领导下，中国的政治、经济、军事、外交、文化、教育、科技、社会、民生等领域，都发生了深刻的变化，中国人民站起来了，中华民族已屹立于世界民族之林。

这段时间放到整个历史长河中是短暂的，有如弹指一挥间，但它带给中国的却是极不平凡的。六十多年里神州大地经历了沧桑巨变。从开国大典到 60 年国庆盛典，从经济战线上的三大战役到经济总量居世界前列，从对农业、手工业、资本主义工商业的三大改造到社会主义市场经济体制的基本确立，从宜将剩勇追穷寇到建立了强大的国防军，从废除一切不平等条约到独立自主的和平外交政策，从"双百"方针到体制改革后的文化事业欣欣向荣，从扫除文盲到实施科教兴国战略建设新型国家，从翻身解放到实现小康社会，凡此种种，中国人民在每个领域无不留下发展的足迹，写就不朽的诗篇。

六十几年在历史的长河中犹如沧海一粟，但对身处其间的个人却是并非无足轻重的。其间究竟发生了些什么，怎样发生的，过程怎样，结果如何，非人人都清楚知道的。对此，亲身经历者或可鲜活如昨，但对后来者却可能只是一个概念，对某段历史的记忆影像或不存在或是模糊的。基于此，为了让年轻人，特别是青少年永远铭记共和国这段不朽的历史，我们推出了这套《共和国的历程》。

《共和国的历程》虽为故事形式，但与戏说无关，我们是想借助通俗、富于感染力的文字记录这段历史。这套丛书汇集了在共和国历史上具有深刻影响的重大历史事件。在丛书的谋篇布局上，我们尽量选取各个时代具有代表性的或深具普遍意义的若干事件加以叙述，使其能反映共和国发展的全景和脉络。为了使题目的设置不至于因大而空，我们着眼于每一重大历史事件的缘起、过程、结局、时间、地点、人物等，抓住点滴和些许小事，力求通透。

历史是复杂的，事态的发展因素也是多方面的。由于叙述者的视角、文化构成不同，对事件的认知或有不足，但这不会影响我们对整个历史事件的判断和思考，至于它能否清晰地表达出我们编辑这套书的本意，那只能交给读者去评判了。

这套丛书可谓是一部书写红色记忆的读物，它对于了解共和国的历史、中国共产党的英明领导和中国人民的伟大实践都是不可或缺的。同时，这套丛书又是一套普及性读物，既针对重点阅读人群，也适宜在全民中推广。相信它必将在我国开展的全民阅读活动中发挥大的作用，成为装备中小学图书馆、农家书屋、社区书屋、机关及企事业单位职工图书室、连队图书室等的重点选择对象。

编　者
2014 年 1 月

目 录

一、 舟山群岛登陆战

● 毛泽东对解放舟山群岛的战前准备极为关注，致电三野副司令粟裕，要求进一步做好攻击舟山群岛的准备工作。

● 粟裕："建议军委推迟攻击舟山的时间，加紧发展海空军。在打法上，主张首先以海空力量给舟山之敌海空军以歼灭性打击，然后以陆军优势兵力攻取舟山。"

● 战士们激动地说道："要把解放舟山的捷报早一天送到北京，送到毛主席手里，还要把国民党赶出大陆！"

毛泽东关注舟山群岛之战

1949 年 5 月 22 日，毛泽东对人民解放军向长江以南地区的大进军作了部署。他指示人民解放军：

第三野战军应当迅速准备提早入闽，争取于 6、7 两个月内占领福州、泉州、漳州及其他要地，并准备相机夺取厦门；第四野战军主力经湖南向两广前进，于 11 月或 12 月占领两广；第三野战军防守华东，置重点于沪杭宁区域，以有力一部准备夺取台湾。

根据上述部署，三野在华东地区以第七兵团准备夺取舟山群岛，第八兵团警备宁沪杭地区并担任剿匪任务，第十兵团进军福建，第九兵团在苏南休整训练，预备用于攻占台湾作战。

此后，三野和四野一面分兵剿匪，一面准备夺取沿海岛屿，进占攻台的前沿阵地。

1949 年 11 月 14 日，毛泽东致电三野副司令粟裕，并告华东军区司令员陈毅和政治委员饶漱石，要求他们以金门失利为戒，进一步做好攻击舟山群岛的准备工作。

那是在解放军三野十兵团攻占厦门岛后的第 7 天，就发起了金门战役，并于 1949 年 10 月 25 日 2 时 30 分夺取了金门古宁头阵地。但因后续兵力不济，加上国民党军队快速增援，到 26 日下午 7 时，登陆的解放军大部分壮烈牺牲。

这次战役的失利，并没有动摇新中国解放沿海岛屿的决心。为了削弱国民党在沿海地带的军事力量，解放军后来陆续展开了对舟山群岛、海南岛、万山群岛等岛屿的登陆战。

事实上，毛泽东并没有忘记金门失利的教训，他对解放舟山群岛的战前准备总是放心不下，尽管在那个时候，解放军已经对舟山群岛展开了攻击战。

毛泽东的电文如下：

> 舟山群岛共有敌军五万人，并有顽强的战斗力，你们以两个半军进行攻击是否足够？鉴于金门岛及最近定海（即舟山群岛）附近某岛作战的失利，你们须严重注视对定海作战的兵力、部署、准备情况及攻击时机等项问题。如果准备未周，宁可推迟时间。提议你们派一要员直赴定海附近巡视检查一次。

对于金门渡海战役的失利，毛泽东陷入了深深的思虑之中，而在这个时候，他的战略思路也发生了改变，他不得不发出这样的自问：我强大的人民解放军为什么在攻击海岛的战役中多次失利呢……毛泽东很快就得出了这样的结论：

舟山群岛登陆战

共和国的历程

·乘风破浪

　　我人民解放军主要是陆军，于渡海作战没有经验；另外，敌人不仅有着较为强大的海军，而且还有美国人武装起来的空军。在敌人掌握着制空权及制海权的前提下，如何解放沿海岛屿以及攻占舟山群岛、台湾都成了我军战史上的新课题。

　　毛泽东也意识到，必须审慎研究渡海作战的战略和战术问题，因为在这之前都是在陆地上和敌人作战，从来没有海上作战和海上登陆的经验，所以必须慎重。

粟裕认为舟山群岛之战必须慎重

金门作战和登步岛作战失利后，粟裕对渡海作战的艰巨性有了进一步的认识，此后，他对舟山作战更多地强调要在充分准备的基础上进行。11月1日，粟裕等在给中央军委的电报中提出了非常慎重的作战意见。

4日，毛泽东在复电中肯定了粟裕等的作战方案，指出："我们认为你们采取慎重态度，集中优势兵力，事先做充分准备，力戒骄傲轻敌的方针是正确的。"随后，毛泽东又提醒粟裕："你们须严重注视对定海作战的兵力、部署、准备情况及攻击时机等项问题。如果准备未周，宁可推迟时间。"

遵照毛泽东的指示，22日，粟裕向毛泽东和军委表示："务至绝对有胜利把握时，才开始发起攻击。"

粟裕设想，在有充分准备的条件下，尽可能地在沿海岛屿上全歼敌军主力，对防止敌人退避台湾，减少尔后攻台的难度是有利的。

11月14日，他在关于定海作战给第七、第九兵团并报军委的电报中指出："如我能在舟山群岛及沿海各小岛全歼敌人主力，则造成攻占台湾之更有利条件。"22日，他又说："如能在这些岛（指舟山、金门）尽歼匪军，则对将来攻台行动在政治及军事方面均属有利。"

舟山群岛登陆战

三野渡海战役的失利，让粟裕倍感不安，虽然中央没有批评他们，但三野的确有失误的地方。

粟裕坐在椅子上，心里久久难以平静。他认真分析了十兵团进攻金门及七兵团进攻舟山群岛失利的原因，又仔细体会毛主席及中央军委指示的精神，渐渐有了一些领悟。

粟裕觉得三野渡海战役失利的关键，是解放军没有海空军配合，而国民党部队却能够以绝对优势的海空力量实施快速增援，从而使解放军在一定的地点和时机处于极为悬殊的劣势。

窗外的阳光透过窗棂洒满屋子，在寒冷中多了一些暖意。粟裕站起来抬头看了看窗外，那是一个阳光明媚的世界，虽然这是在冬天，但春天必然会到来的。

在粟裕看来，渡海作战是现代化的战争，这在解放军的战史上还没有遇到过，更谈不上什么经验。如果没有足够的渡海船只和适当优越的装备以及充分的物资供应，是难以和敌人对抗的，金门战役就是很好的例子。所以，眼下的舟山群岛登陆战必须慎之又慎！

1949 年 11 月 22 日，粟裕在深思熟虑之后，致电中央军委和毛泽东主席。

电报如下：

舟山既无内应力量，又面临精锐之师，如果死打硬拼，势必造成很大的损失。目前蒋军受金门、登步两战的鼓舞，已将台湾主力移至舟山，看来蒋介石想在此同我们决一雌雄。这样，虽然增加了我们攻击舟山群岛的困难，但如能在这些岛上尽歼敌军，则对将来解放台湾的行动，无论是在政治上，还是在军事上均属有利。

因此，建议军委推迟攻击舟山的时间，加紧发展海空军。在打法上，主张首先以海空力量给舟山之敌海空军以歼灭性打击，然后以陆军优势兵力攻取舟山。

对于粟裕的这些建议，毛泽东深有感触，在他的心中已经有了继续打响渡海战役的谋略……

舟山群岛登陆战

三野为保证胜利积极备战

1949 年 12 月初，中央军委和毛泽东主席根据粟裕的建议，决定从成立不久的海空军中抽调部分兵力配合陆军作战，解放舟山群岛。

对于中央和毛泽东主席的大力支持，三野部队深受鼓舞，战斗士气高涨，树立起解放舟山群岛的坚定信心，绝不会让金门的历史重演。

三野为了保证舟山群岛战役的胜利，在各方面做着积极的备战，并决定：舟山群岛战役延期至 1950 年 2 月底执行；二十一军全部参战，调高炮十三团进驻宁波，担任防空任务；各机关应着手研究陆海空军联合作战方案；各参战部队要在冬季的三个月集中整训练兵，进一步摸清敌情，并研究相应对策。而渡海船只在全华东范围内，由地方政府负责征集。

到了 1949 年 12 月份，三野在杭州召开了师以上干部会议。会议学习了毛泽东主席"不打无准备之仗"的军事原则，总结渡海作战经验，明确了攻取舟山群岛的战略指导思想，要从根本上克服轻敌情绪。

而国民党部队借金门岛的暂时胜利极力渲染。11 月 9 日，蒋介石派蒋经国带着他亲笔写给前线将士的慰问信来到舟山群岛，并代表蒋介石到登步岛等前线岛屿进行

"慰劳"。

国民党为了笼络军心，让士兵继续和解放军对抗，蒋介石亲自提议，将二——师命名为"登步师"。为固守舟山群岛，台湾当局继续向舟山增调部队，并加强各岛屿的防御体系。

12月16日，敌人四十五师由金门开赴岱山增强防务，第五十二军增援舟山，到12月底，舟山敌军总兵力已达10多万人。同时敌人加固了沿海防御工事，在认为解放军可能登陆的前沿阵地上，部署工事达五六道乃至八九道。

敌人还在工事周围设有电发爆破筒、半屋脊形铁丝网、单墙式铁丝网、鹿砦、竹签、木桩等，并多次举行陆海空三军联合反登陆演习。

1949年12月31日，蒋介石在台北召开秘密会议，提出攻势防御的战略，命令驻舟山群岛海军加紧袭击解放军海上运输队，切断大陆对已解放岛屿的供给，派遣军舰在长江口以南航道布置水雷，还命令空军继续轰炸上海和江浙沿海城市。

为袭扰解放军将军用物资运往沿海地区，并阻止解放军进攻登步、舟山等岛，敌人的飞机对宁波市区进行了狂轰滥炸。其罪行滔天，罄竹难书。

从1949年9月13日到1950年1月24日，先后在宁波轰炸25次，在繁华地带及交通要道投弹251枚，毁房5800余间，炸死居民近150人，炸伤295人，财产损失

舟山群岛登陆战

约达 2000 亿元（旧币），直接受难者近 3 万人。1950 年 2 月 26 日，又有 17 架敌机从岱山和舟山机场起飞，对上海市进行了大轰炸，一天内连续轰炸 7 次，4 家电力工厂被炸坏，死伤 1400 余人，水电交通设备遭到严重损毁，受灾市民达 5 万余人。

此外，特工头子毛森也到舟山、大陈等地，加强对"东南人民反共救国军"的控制，派遣经过专业训练的特务和小股武装潜入江浙沿海地区，进行暗杀和破坏活动，企图阻挠新中国解放舟山群岛。

解放军逐次攻占外围岛屿

早在开国大典前夕，三野第二十二军就开始对舟山群岛的敌人展开过攻击战。

在1949年11月3日，三野第二十一军六十一师曾发起过定海战役，即舟山群岛战役。

由于敌人的负隅顽抗，以及解放军对登岛作战的估计不足，导致解放军在攻击舟山外围的登步岛时，意外地遇到敌守军、援军和海空军联合反击而撤出战斗。

两支部队的登陆战，都有一定的伤亡，这为第二年再次发起的舟山群岛战役做了铺垫，解放军也因此掌握了渡海作战的经验。

舟山群岛位于浙江杭州湾外东海之中，由舟山本岛、岱山、长涂、普陀、桃花、六横、登步、金塘、大榭等400多个岛屿组成，总面积1200平方公里；其中舟山本岛最大，面积达523平方公里，是浙江省的重要港口，巨型海轮可自由进出，各水道均有浮标，利于航行，也是良好的海军基地。

舟山本岛多山峦，其中五雷峰、老虎山、茅头尖、竺家尖等山海拔高达500米左右，可俯瞰附近海域。舟山群岛既是中国海上航行的要冲，又是沪、宁、杭地区的海上屏障，历来就是军事战略要地。侵华日军和国民

舟山群岛登陆战

党军先后在此进行了多年的经营，在舟山本岛和岱山岛筑有飞机场及海军基地。

渡江战役和上海战役以后，国民党驻守江浙和上海一带的部队在人民解放军的强大攻势之下，纷纷逃到了舟山地区，并组成了以原上海防卫司令石觉为司令的"舟山防卫司令部"。

为了继续和解放军对抗，国民党军打算将舟山群岛作为控制长江口和封锁、袭扰、反攻大陆的重要军事基地来经营。

蒋介石看重舟山群岛，不仅仅是想把舟山群岛作为部队撤退的一个中转站，而且另有目的。蒋介石心里十分清楚，解放军没有海军和空军，所以他要利用这一弱点，控制舟山群岛，利用这些岛屿的特殊地理位置使之成为控制长江口并袭扰大陆的理想基地。

早在 1949 年 7 月，解放军第三野战军和华东军区根据中共中央军委的有关指示，决定由二十二军和二十一军六十一师担负渡海作战、解放舟山群岛的任务。

二十二军接受任务后，根据舟山群岛的地理条件和敌优我劣的实际情况，确定了首先逐次攻占外围岛屿、然后再攻占舟山本岛的作战方案，部队很快就攻占了大榭等岛。

三野二十二军攻克大榭等岛以后，敌人重新组织力量，妄图长期据守舟山群岛。为此，敌人将七十五军整编为两个师，另把一○二师归其建制，八十七军也整编为两个师，加上杂牌部队，总兵力达7个师6万人。舟山防卫司令石觉对各岛防御情况进行巡视，督促前沿加设防御阵地。

根据这些敌情，我二十二军首长向兵团领导建议，在不增加兵力，又无海军配合的情况下，最好逐岛攻夺，先打金塘岛，然后各个击破，最后攻占舟山本岛。

金塘岛位于舟山本岛西海面，是舟山群岛的第四大岛，三面都是山，站在东面山峰上，可俯视定海城关，有沥港等较深的港湾可停靠舰船。

金塘守敌为国民党第七十五军一〇二师及军属炮兵营，共3500多人。该岛是舟山本岛西部最大的外围据点，敌人按照舟山防卫司令部副司令周喦"死守金塘"的指令，昼夜在海岸、山地和海堤上构筑工事。

在大浦口、柏塘到大小泥湾等重要地段，平均每隔10米就有一个地堡。另外，在纵深的山腰和山顶又构筑了许多明碉暗堡，在滩头还增设了木桩、鹿砦、铁丝网等障碍物。为阻止解放军登陆，他们绞尽了脑汁。

金塘与大陆之间相距2.6海里，海平面犹如一片开阔地。要渡过这2.6海里的海峡，剿灭岛上的敌人，必须以最快的速度进行登陆，如果速度慢的话，后果将不可想象，所以登陆速度是关键。

为了达到快速登陆的目的，解放军从浙江、山东、江苏、安徽等省，共征集了600多艘船。但是，很多船只运抵海岸时便已损坏，经过整修、改装，能用的有300

舟山群岛登陆战

多艘，可载一个加强步兵师。

二十二军汲取大榭岛作战经验，强化航海训练，举行步兵抢滩登陆和步炮协同作战等综合演练。通过演练，基本上达到了船自为战、组自为战、密切协同、主动歼敌的要求。综合演练还锻炼了战士的心理素质。

一切准备好之后，二十二军指挥部下达了于 10 月 2 日至 5 日攻取金塘的作战命令。其具体部署如下：

六十六师及六十四师一九〇团共 4 个团为登陆突击梯队；六十五师一九四团为预备队。

1949 年 10 月 1 日，二十二军军长孙继先、政委丁秋生号召全军战士继续发扬不怕牺牲的精神，以最快的速度登陆，进而剿灭金塘上的敌人，用崇高的革命热情来祝贺新中国的诞生。

冒雨激战金塘岛

10月2日是二十二军发动金塘岛战役的日期。为了给新中国献上一份厚礼，战士们摩拳擦掌，早就做好了登陆的准备。战士们激动地说道："我们多少年来流血牺牲，盼的就是这一天。快打！要把解放舟山的捷报早一天送到北京，送到毛主席手里，还要把国民党赶出大陆！"

在通常情况下，中秋时节是浙东沿海西南风最多的时候，部队登陆时正好顺风，又是大潮期，这种自然条件对登陆作战是十分有利的。

然而天气偏偏在这个关键时刻出现了变化，那天突然下起了大雨，秋天的雨连绵不断，一直下了很久也没有停。海面上，一眼望去，是一片白茫茫的世界，根本看不到对岸的情况，更别说敌人的军事目标了。而且那天还是逆风，如果登陆的话，肯定会影响速度。

我二十二军因此适时调整，推迟出击时间。10月3日，天空依然下着淅淅沥沥的雨，对岸还是看不清楚。二十二军的首长们耐心等待，一旦天气好转，便立刻拉开战幕。

尽管天公不作美，可是登陆金塘岛的计划不可以再推迟了，因为如果过了4日前的潮汐高潮期，战斗就要

舟山群岛登陆战

再推迟到 15 天以后，这样必然会影响整个舟山群岛战役的进行。

到了下午，窗外的雨依旧下个不停，海面被浓浓的雾气所笼罩。炮兵试射的时间到了，各个大炮阵地陆续传来告急声：雨太大，海水倒灌，已没有干燥的地方存放炮弹了，而且对岸的目标很难看清楚。当时的工事积水已经淹没了半个炮轮，如果时间再拖延，工事就会塌掉！正当大家焦虑之际，天气忽然转晴。傍晚时分，讨厌的雨停了下来，海上的雾气也渐渐消散了，风向也转了过来。

此刻，站在海滩上，一股暖风从海面上袭来，可以看到缕缕阳光从乌云中喷射而出，金塘岛清晰地呈现在大家的眼前。大家信心更足了。

战机已现。由副军长张秀龙、政治部主任王六生等组成的前线指挥所，立即下达战斗命令：

"打！"

瞬时间，一颗颗炮弹在敌人的阵地上炸开了花，火光一片，硝烟四起。

敌人的阵地乱作一团。敌炮兵匆忙反击，但很快就被解放军的猛烈炮火压了下去。敌人的军舰更害怕解放军的猛烈炮火，再加上潮水涨得很高，明礁变成了暗礁，水道奇险，所以不敢增援金塘岛上的敌人。

解放军的炮击持续了两个小时，射击效果非常明显。敌人的工事被炸毁了，阵地上一片狼藉。

夜幕降临，潮水慢慢涨平，风向也从东风转为东南风，风浪也逐渐平静下来。解放军得天时之利，4个团300多条战船同时向金塘出发！

战船在海浪中快速前进，只用了一个小时就靠近了金塘岛。二十二军的战士们冒着敌人的枪林弹雨抢滩登陆，向敌人的阵地迅猛地冲击。金塘岛守敌吓蒙了，完全被解放军的英勇、神速震慑住了。

登陆之后，一九八团首先攻占610高地，一九○团攻占了大小泥湾，接着，一九六团连续突破东岙、横岭等阵地。当解放军向敌阵地纵深挺进时，一道闪电之后，天空说变就变，又暗了下来，继而大雨瓢泼。雨势如此迅猛，完全出人意料。尽管雨势在一定程度上影响了行进的速度，不过遮天雨幕有利于解放军充分发挥夜战的优势。

一九八团登陆后，马上夺取了双山一线的敌人山炮阵地，控制和占领了老契头、大象等地，又转回头围剿开始逃窜的敌三○四团残部。

10月4日，当红红的太阳从东边冉冉升起时，一九八团的勇士们占领了大浦口，全歼了溃退之敌；担任正面强攻的一九六团，攻下了蛤喇山，占领了大山，并于拂晓前进至涉驴山、柳巷镇，与敌人的三○六团进行了激烈的战斗，歼敌一个营；从侧翼进攻的一九七团也在这一天攻下了围屏山，并配合一九八团全歼了敌三○六团残部。

舟山群岛登陆战

一九〇团于 3 日夜间攻占大小李岙、官山、潭头山，歼敌一个多连，4 日拂晓又攻下了仙神山、长山的敌人阵地，并歼敌一部。

解放军各部积极行动，迫使守敌向北逃窜。为了肃清岛上的敌人，一九六团、一九七团用部分兵力冒着大雨，继续攻击狮子山、化成寺一线的敌人，并于 5 日清晨攻占了渡口、沥港镇。

有一股敌人从沥港镇乘船逃向大鹏岛，一九六团二营马上追至大鹏，四连连续夺下三个山头，抢占了该岛制高点，全歼敌人一个营。

正当四连战士打得火热的时候，有一个敌指挥官往祖太山逃去。战士刘永超握着手榴弹，一个人奔上祖太山，追上了那个指挥官，大声喊："站住，不站住我就甩手榴弹了！"那个指挥官被吓住了。刘永超上前一看，还是条"大鱼"，竟然是个少将，原来是敌人副师长李湘萍！

敌一〇二师师长宋式勤率残部 100 多人狼狈逃往舟山本岛。金塘岛战斗胜利结束，共毙、俘敌 2400 余人。

战斗结束后，第三野战军第一副政委、中共浙江省委书记谭震林等领导致电祝贺：

> 你们胜利完成了解放金塘岛之任务，这对进一步扫除舟山群岛残敌起着决定作用。特电致贺，希继续努力。

六十一师备战桃花岛

在三野二十二军发动金塘岛战役的同时，三野二十一军六十一师为策应配合部队，奉命在咸祥、昆亭、杨坝、横溪一带，以积极佯动的方式牵制佛渡、六横岛上的敌人。

当金塘守敌一〇二师被二十二军歼灭之后，佛渡、六横岛上的敌人吓破了胆，纷纷弃岛窜逃。

10月8日晚，二十一军一八三团奉命占领六横，10月9日攻占虾峙岛。一八一团进至道头，一八二团由象山港南岸直插六横岛。

这时，六横、佛渡、虾峙一线岛屿全部被解放军二十一军六十一师占领。

六十一师指挥所进入虾峙岛后，了解到驻六横的敌交警九纵队及八十七军一部共1000余人全部退到了桃花岛，便马上令部队严密封锁消息，加紧进行攻击桃花岛的准备，决心以最快的速度剿灭这股敌人。

敌交警九纵队属于国民党特务机关"中美特种技术合作所"，这个特务机关经过了特种训练，而且这支部队全部是美式武器装备，是蒋介石最器重的一支"袖珍王牌军"，曾经做过很多坏事。

早在1949年2月，在国内外的压力下，蒋介石被迫下野，之后，他的儿子蒋经国为保护蒋介石的安全，连忙调集警第三旅及交警第九、十二纵队担任溪口及其外围的驻防。

5 月中旬，解放军三野二十二军和二十一军从杭州南下开始东征时，敌人的三个纵队随八十七军逃到舟山。

国民党八十七军的前身为青年军二〇八师。1948 年秋，该部队在平津地区扩编为八十七军，军长为段云，这支部队下辖三个师，都是现代化的装备。

在平津战役的时候，国民党八十七军和独立九十五师师长朱致一起担负守卫塘沽一带的任务，八十七军还参加了塘沽外围的一些战斗。在未受太大损失的情况下，于 1949 年 1 月 17 日乘兵舰离开塘沽。

八十七军本是蒋介石的嫡系部队，蒋介石和蒋经国多次到该部视察，段云又是蒋介石的侍从官出身，深得蒋介石器重。所以，蒋介石下野至溪口时，八十七军马上被调至宁波，一边休整，一边警卫蒋介石的安全。

4 月 25 日，蒋介石在匆匆离开宁波的时候，还亲自召见段云，要他务必死守宁象地区，确保舟山群岛的安全，以此作为反攻大陆的基地。

1949 年 7 月，解放军发起宁象战役时，国民党二二〇、二二二师及交警九纵队一部在象山及宁海一带被歼，残余势力纷纷退入舟山群岛。

1949 年 8 月 4 日，国民党进步将领程潜将军率部在湖南和平起义的时候，由于段云是程潜的干女婿，再加上段云未能在宁象半岛组织有效的阻击，事后马上被国民党军警机关软禁，不久即神秘失踪。军长一职由副军长兼参谋长朱致一担任。

就在解放军三野二十一军准备攻占桃花岛的时候，该岛守敌就是约有1300人的交警第九纵队和八十七军二一一师六二二团约有400人的三营。

解放军第七兵团利用国民党军屡遭失败、士气不振、军心涣散的有利时机，在10月7日，命令第二十一军六十一师马上准备，迅速攻占桃花岛。二十一军六十一师接到命令后，便积极进行攻占桃花岛的准备。

担负解放舟山群岛南线作战任务的六十一师早在9月底就组织了突击营，按实战要求进行横渡象山港的登陆演习。通过演习，六十一师消除了对海战生疏的顾虑，增强了胜利的信心。

当时，六十一师、团干部和机关，认真研究了潮水、风向的规律，侦察了对面敌情、地形，筹集了一批物资器材。

10月上旬，第二十一军六十一师已初步具备了渡海攻岛的条件，随时准备投入战斗。

舟山群岛登陆战

迅速全歼桃花岛守敌

10月13日，六十一师师长胡炜、副政委李清泉等师首长率一八二团、一八三团的营以上干部，在当地群众的帮助下，秘密地沿虾峙岛从北到南，又从南到北察看了桃花岛的情况，调查了虾峙岛至桃花岛间的海情。

桃花岛是舟山群岛南侧的一个较大岛屿，面积41平方公里，全岛多山，北宽南狭，像个大葫芦漂在海上。从六横和虾峙等地败退下来的敌人正在构筑工事，但防御体系尚未形成。

大家调查研究之后，六十一师首长决定乘敌立足未稳、防备松懈的有利时机，于10月18日晚发起登陆战，以突然行动迅速攻占桃花岛。

在部署上，六十一师决定采取中央突破、侧翼配合的战法，其作战方案如下：

以一三八团十营、三营和一八二团一营为第一梯队，一八三团一营为第二梯队；以二营和三营为解放桃花岛的主攻营，要求他们在钟家、磨盘沙地区同时登陆后，二营集中力量首先攻占蚂蟥岗，尔后主力直插大佛头，控制栲树湾渡口；三营首先歼灭外湾、大小黄沙之敌后，主力迅速向鹰嘴岩山进攻，然后直插外茅草吞渡口，断敌退路，阻敌增援；一八二团一营在仙人桥地区登陆后，集中兵力攻占对峙山，以积极行动支援二营、三营穿插，一八三团一营在西嘴头地区登陆，随时准备从二营左翼加入战斗，负责歼灭兰田和茅山庙地区之敌，尔后迅速向韭菜山地区发起攻击。团长杜绍山率团指挥所随三营跟进。

刚刚获得解放的虾峙岛人民，听说解放军要解放桃花岛，纷纷献出船只，还要求当船工。有的渔民原先怕国民党军队抢船，就把船埋入海滩，或者沉到海里。这时，他们主动把船打捞出来，装配好了献给解放军。

短短3天时间，虾峙岛渔民就装配了70艘渔船。军民齐心协力，六十一师仅用10天时间，就完成了攻占桃花岛的战前准备工作。

当地群众还纷纷自愿报名要求当向导，决心把解放军部队送往桃花岛。群众的支持给指战员以莫大的鼓舞，个个摩拳擦掌，战斗情绪异常高涨。

10月18日16时40分，六十一师炮兵开始向桃花岛连续发射炮弹。19时，六十一师登陆突击部队4个营从虾峙岛一线开始出发，在漆黑的夜里，向桃花岛挺进。

当一八三团二、三营的船队行至距桃花岛约80米的时候，被岸上守敌发现。敌人慌忙开炮。各船队马上组

舟山群岛登陆战

织火力进行还击。战斗当中，大家用铁锹划水，继续加速向桃花岛行进。

经过 10 分钟的激烈战斗，一八三团二、三营突破了敌前沿阵地。二营攻占了磨盘沙，歼敌两个排，紧接着又将固守蚂蟥岗敌人的一个营消灭大部。

三营先头部队在登陆后，与驻守外湾、钟家的敌人接火。解放军冒着枪林弹雨，一面组织火力压制，一面继续向纵深地带挺进，很快就突破了敌人的防线，直插外茅草呑渡口，切断了敌人的退路。

在同一时间，一八二团一营在仙人桥地区登陆，并迅速攻占了鱼米洋一线，之后占领了对峙山，击毙了 70 多敌人，然后转为团预备队。

在另一路，一八三团一营战士于西嘴头以西地区登陆以后，迅速向茅山庙方向前进。在歼灭该地区的敌人之后，一营第一、三连直插韭菜山渡口，二连向栲树湾方向进攻敌人。

19 日零时 20 分，奉命向韭菜山地区攻击的一八三团二营，以最快的速度控制了韭菜山渡口和栲树湾渡口，将残敌压制到蚂蟥坑以北地区。

10 月 19 日 2 时 23 分，当一八三团三营突进到鸡头南侧的时候，获悉鹰嘴岩山的敌人向韭菜山渡口逃跑。营长马上令三营七连以最快的速度把这股敌人消灭掉。之后，七连占领了鹰嘴岩山高地。

10 月 19 日 4 时许，东边的天空蒙蒙亮的时候，桃花岛上的最后一股残敌在一八三团三营各作战部队的追击下，一路拼命逃窜，样子极其狼狈。最后，他们被解放军包围在蚂蟥坑以北凹地一带。

在一八三团三营的统一号令下，第四、七、九连一起向敌发起猛烈的攻击。无奈之下，敌人缴械投降，300多名残敌被我军俘虏。

这时，桃花岛成功被解放军占领，岛上的国民党守敌全部被歼。

战役结束后，三野第七兵团给六十一师的电报指出：

> 桃花岛战斗，是"抓紧时机、大胆突击、以迅速果断的动作，实行穿插，获得胜利的典范"。

三野七兵团经过 4 个月的准备和连续作战，到 10 月 23 日，解放了金塘、大樹、梅山、六横、桃花等舟山岛屿，打乱了舟山守敌的外围防御体系，并打开了进攻舟山本岛的大门。

敌人不甘失败再作调整，成立了舟山指挥所，国民党八十七军只得收缩到沈家门、登步岛地区。

舟山群岛登陆战

三野杭州部署舟山本岛战役

解放军第七兵团把下一个攻击目标指向了舟山最后一个屏障——登步岛。

当时，七兵团二十一军的六十一师在二十二军的指挥下，进行了登步岛战役，但是这次登陆却没有成功，在敌人大批援军的攻击下，退回了桃花岛。

登步岛之战所以失利，除了客观上的因素外，也是由于第七兵团在思想上盲目轻敌、没有认真贯彻上级指示。

后来，毛泽东主席在电报中批评了他们，并对下一步作战提出了自己的看法。对于毛主席的教导，三野领导进行了自我检讨和分析。

在这种情况下，解放军三野在东南沿海的渡海作战暂时停顿下来，开始认真总结经验教训，并做好再次发动战役的准备。

金门岛、登步岛的失利虽然表明解放军进行渡海作战的难度很大，但这并不能阻挡人民解放军向中国大陆和沿海地区进军的步伐。

1949 年 12 月，蒋介石在大陆的最后一支主力胡宗南部在成都战役中覆灭后，国民党残部被迫退至 4 个岛屿，它们是：3.6 万平方公里的台湾岛；3.2 万平方公里的海南岛；140 平方公里的大、小金门岛；1200 平方公里的舟山群岛。

中央军委根据以上情况决定：

第四野战军以一个兵团攻占海南岛，第三野战军则集中力量先攻占舟山再攻金门。

1950 年 3 月，三野在杭州召开第七、第九兵团师以上干部会议，根据敌我双方情况，决定再次延迟舟山战役时间，到 6 月发起总攻。

这次会议并确定了炮三师主力开赴金塘、大榭参战；三十四军七十师为二十二军第二梯队，七十二师、二十三军为第二梯队，七十一师赶修宁波机场，并增调高炮十二团驻防。

至此，解放军参加舟山战役的部队已增加到 4 个军，12 个师和 10 个炮兵团，总兵力达 13 万多人。

其部署为：二十二军位宝幢、柴桥、邱隘、金塘岛；二十三军位洪塘、庄桥、龙山、穿山地区和大榭岛；二十四军位余姚、浒山、马渚和宁波机场；二十一军位奉化下阵、象山半岛和六横岛、桃花岛。

舟山群岛登陆战

准备陆海空三军联合作战

1950 年 4 月 25 日，解放军三野根据中央军委的指示，在南京召开陆海空三军联合作战会议，研究下一步舟山作战的方案。

为了确保这次登陆作战的胜利，三野集中了大部分机动力量。最后决定原计划渡海攻击台湾的第九兵团也参加解放舟山的战斗。

会议决定由第七、第九兵团的 6 个军组成两个登陆突击集团，分别由七兵团司令员王建安、九兵团司令员宋时轮指挥，在海空军的配合下完成攻占舟山群岛的战役任务，力争全歼舟山守敌。

为了吸取登步岛战役失利的教训，会议决定在 6 月下旬展开行动，以二十军及二十六军攻取岱山，以二十一军攻取舟山本岛东南部岛屿及舟山本岛东部，以二十二军、二十三军进攻舟山本岛西部及中部。到这时，舟山群岛战役的总部署和兵力使用最后确定。

为了做好充分准备，三野早在 1949 年 11 月份，就开始在中共华东局的支持下，会同浙江、上海、苏南、苏北、皖南、山东等地的党政机关，在华东地区进行解放舟山群岛的党政民总体战役准备。

1949 年 11 月 4 日，浙江省人民政府成立了支前委员会和由军队与地方共同参加的支前司令部。华东其他各省市也相继成立了支前委员会。

上海市人民也开展了"反轰炸、反封锁"的斗争，坚持生产，支援前线。中共浙江地委也于 10 月对战勤指挥部进行了充实。

在浙江省支前委员会和战勤指挥部的领导下，全省人民特别是宁波地区的群众，把支援解放军解放舟山群岛作为头等大事。

当时从苏、皖、鲁等地征调来的船只，为避免敌人海空军的破坏，便改用火车装运到前线。运载着渤海湾、胶州湾的船只的火车，要经胶济、津浦、宁沪、沪杭 4 条铁路线，行程达 1000 多公里，到达杭州湾北岸后，才过江入海。参战部队称这种运输方法为"陆地飞舟"。

大批船只集中到前线海边后，指战员们继续用血汗来保护船只的安全，战士们就像进行一场战斗一样，表现出令人敬佩的勇气。

为了不使这些船只遭到敌机的轰炸，各部队战士在朔风凛冽的冬夜把半个身子浸在泥水里，在海滩上挖了几千个"防空洞"和"船坞"，演习回来后再蹚过泥水，把船推进去隐蔽好。

在狂风巨浪拍打着海岸的时候，干部战士彻夜不眠地看守船只。各部队还开展爱船运动，实行船长制，制定了许多保护船只的好办法。

战士们做出的各种努力，使船只的损毁大大减少，

舟山群岛登陆战

从而保证了几千艘船胜利完成载运大军渡海作战的任务。

另外，三野二十二军还在 1949 年年底建立了机帆船修造厂，为船只的建造和维修提供了方便。

在造船厂里，地方干部和工人们互相帮助，数百战士刻苦钻研，在短短两三个月的时间里就学会了机帆船的装置、修理和驾驶技术，修造了大批风帆和机器驾驶两用的机帆船。

到 1950 年 4、5 月份，前线部队所拥有的船只足以渡送突击队上岸了，这让战士鼓足了渡海作战的勇气，也大大增强了解放军的士气。

当时，二十一军有帆船 1300 艘，可以一次运送 6 个突击团的兵力，另有机帆船 135 艘，可以一次运送 1 个师。此时，人民解放军的空军和海军在各族人民的大力帮助下，也已初具规模。

1950 年 4 月 23 日，在华东军区海军成立一周年的时候，华东军区在长江江面上举行了舰艇命名仪式。担负指挥渡海作战任务的主要指挥员粟裕、叶飞、宋时轮、王建安、张爱萍、刘道生等都参加了这个盛大的命名仪式。

这时的华东海军，共有战斗舰艇 51 艘，登陆舰艇 52 艘，辅助船 30 艘。尽管舰艇在吨位、性能上远远比不上国民党军队的舰艇，但人民解放军毕竟已经拥有了可投入渡海作战的海军。

1950 年 2 月，华东沿海地区的徐州、南京、杭州、衢州、宁波等地，在苏联政府的热情帮助下，快速建成了空军机场。

1950 年 3 月，解放军空军航空兵部队进驻上海地区。4 月下旬，解放军在华东沿海机场作战的飞机已有 200 多架。

4 月 2 日至 5 月 11 日，在上海、徐州、杭州等地，解放军空军击落敌机 6 架，打破了敌军的空中封锁，夺取了江浙沪沿海的局部制空权。

经过各级部队的艰苦努力，第三野战军把解放舟山群岛的一切准备工作都已安排妥当，就等开战了。

就这样，舟山登陆战即将成为人民解放军战史上第一次陆海空三军大规模联合作战的战役。

舟山群岛登陆战

蒋介石被迫从舟山撤军

1950 年 4 月 16 日，解放军第四野战军发起了解放海南岛的战役。整个海南战役历时 57 天，歼敌 3.3 万人，使国民党打算长期霸占海南岛的美梦彻底破灭了。

海南岛的解放，给台湾当局以巨大的冲击。一时间，台湾岛和舟山、万山岛屿上的国民党军队一片惶恐，人人自危：海南既失，台湾保得住吗？

为了继续和解放军对抗，狡猾的蒋介石和国民党宣传机构竟把海南失守说成是"从海南岛向台湾转移兵力的顺利完成"，把溃逃说成是"战略转移"，这实在是一种自欺欺人的谎言！

海南岛没了，那么多的军队转眼间没了，蒋介石的心里像掉了一块肉，反攻大陆的希望也就更加渺茫。

此时的蒋介石把所有的希望都寄托在那些还没有被解放军占领的岛屿上，其中就包括舟山群岛，因为这个地方靠近台湾，方便他们去支援。

如果舟山保不住，那么蒋介石将舟山作为反攻大陆的中转站的计划就会彻底破产，所以他格外看重舟山群岛，在那里部署了大量的兵力。

当年，蒋介石在大陆失败以后，对舟山群岛的战略地位就十分看重。解放军在登步岛的失利，也并未减轻他对舟山群岛的防守和担忧。

1949年底，蒋介石又将在金门的第十九军和台湾守军中战斗力最强的第五十二军派驻舟山。

1949年初蒋介石逃台以后，最担心的就是国民党海上力量会投降解放军，一旦有国民党海军起义，蒋介石就马上命令空军对起义舰只进行跟踪轰炸，绝对不允许这些军舰投向解放军。

1949年2月，国民党海军最大的巡洋舰"重庆"号起义后，遭到国民党空军的追踪轰炸，结果这艘5270吨的军舰负伤后，为保全舰体，被迫在葫芦岛码头自沉。

从1949年10月至1950年2月，国民党空军利用舟山机场为基地，对新中国刚刚解放的工业城市上海轰炸达26次，同时又对华东沿海、长江下游各港口进行连续轰炸，以破坏新中国国民经济的恢复，阻挠人民解放军向华南沿海地区集结船只。

国民党海军还利用舟山基地封锁长江口，运送武装特务，袭扰江浙沿海地区。台湾当局宣称：共产党能攻占上海，但保卫不了上海。

攻击舟山群岛，拔掉定海基地这颗钉子，已经成为解放军三野的一项最重要的任务。

海南岛的失守引起舟山国民党守军的普遍惊慌。舟山守将石觉尽管得到大批部队增援，仍感到舟山易主不可避免，有心主动撤退。但是穷途末路的蒋介石就像抓一根救命稻草一样抓住舟山不放，严令坚守，石觉只得

舟山群岛登陆战

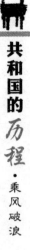

放弃撤退的打算。

当蒋介石获悉,解放军三野陈毅、粟裕部队正积极准备发动舟山群岛的登陆战时,一败再败的蒋介石心里更加惊慌,不知道如何是好。因为他很清楚,解放军将以准备充分的陆海空三军对舟山群岛发起攻击,其打击力度势必大大超过海南岛作战。

国民党部队在舟山的守军是国民党仅剩的陆军部队的三分之一,也是蒋介石的主力部队。这仅存的家底如再蒙受损失,恐怕连台湾也难保了!

为了集中力量固守台湾,万般无奈的蒋介石不得不做出痛苦的选择:从舟山撤军!

敌军秘密从舟山群岛撤逃

1950年5月10日，蒋军司令石觉奉命飞赴台北，参加蒋介石的紧急最高作战会议，并和蒋介石进行了秘密会谈。

敌司令石觉奉蒋介石命令返回舟山后，马上下令关闭通信，封锁交通，控制码头，掌握船舶，对舟山各岛实行全面戒严，禁止一切人员出入。

此举在舟山引起了波动，下级军官和士兵们得到的命令是：准备对"共匪"发动作战攻势。但事实上，所谓的"作战攻势"，却是蒋介石为了撤走舟山国民党守军所施放的烟幕。

11日晚上9时，蒋介石在上床睡觉之前还是忧心忡忡，就又提笔写道："想起各运舰灯火必须一律管制与熄灭灯光，千万注意实施为要。"

郭寄峤接到蒋介石的亲笔信后，立即乘飞机去了定海面见石觉。

一下飞机，郭寄峤就把蒋介石的亲笔函交给前来迎接他的舟山防卫司令石觉。

上面写着：

此时防务匪机突然来定轰炸我运输舰船，

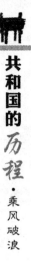
比防范其陆军渡海来攻本岛更为重要，故应从速准备，以防万一。并期于本月 15 日至迟 16 日上午，必须完成全部工作，是为至要。

5 月 13 日，舟山秘密撤退开始。守岛的国民党军 12 万人分批登船，同时把岛上 2 万多名青年男女强行拉上船运往台湾，并炸毁了岛上的重要设施。

16 日晚 7 时，郭寄峤、桂永清、王叔铭等乘坐最后一架 C－46 飞机起飞。飞机刚一升空，花费 4000 万银元修建的舟山机场便在一阵爆炸声中化为灰烬。

敌人简直是丧心病狂到极点了！

蒋介石终于赶在解放军进攻舟山之前，让他的守军悄悄撤离了舟山群岛。这恐怕是自抗日战争胜利后，蒋介石指挥得最好、进行得最顺利的一次军事大逃跑行动。

撤退本是国民党穷途末路的最好证明，而善于玩弄伎俩的蒋介石为了欺骗世人，却把这次逃跑解释成是他复职后第一个计划的"完全实现"。

蒋介石说他曾制订了一个大计划，主要由四个步骤组成：第一步"要集中一切兵力"；第二步"巩固台湾及其岛屿"；第三步"反攻整个大陆，来拯救全国同胞"；第四步"复兴中华民国，建立三民主义独立、自由的新中国"。

为了给父亲开脱，蒋介石的儿子蒋经国发表了一封《由定海到台湾》的公开信。

信中写道：

　　这次国军从舟山撤退到台湾，放弃了最接近大陆的陆海空根据地，这当然是一件大事，也是一个惊人的举动。老实讲，我是一样的沉痛和难过，人毕竟是有感情的动物，感情是会支持行动的，但是在环境愈是恶劣的时候，愈需要高度的理智，并且要拿出理智来控制感情，用理智来支配行动……保卫台湾是国民革命成败的关键，这一仗一定要有百分之百的把握和准备，才能保证一定胜利。

舟山群岛登陆战

解放军登陆舟山岛

1949 年 5 月 15 日，三野司令员陈毅电示第七、九兵团。

命令如下：

> 舟山守敌在我军的威迫之下有逃窜的可能，必须立即摸清虚实，采取行动。

当天夜里，前线部队派出侦察兵连夜过海侦察，证实了陈毅司令员的判断。

于是，三野于 5 月 16 日发出全线攻击的命令。

5 月 16 日那天，二十一军占领登步岛，二十二军占领册子岛，二十三军占领大猫岛。

5 月 16 日夜间，解放军三野近 1 万人在东起登步、西至金塘、镇海的近 30 里的海面上，开始快速登陆，对舟山群岛发起了全线攻击。

5 月 17 日清晨，二十三军占领定海城，二十二军占领舟山本岛西部地区，二十一军占领朱家尖和沈家门，并继续向岱山、长涂、衢山、普陀山等地挺进。

规模宏大的舟山群岛海陆空三军协同登陆作战，虽然未能投入实战，但是对蒋介石形成强烈的心理震撼，给国民党守军以重大威胁，促使其在未开战前就从岛上溜走了。

这次战役，使部队经历了渡海作战的训练，为浙江沿海其他岛屿的解放和保卫海防积累了丰富的经验，更提高了解放军的现代化水平。

5月17日，这是舟山历史上一个特别的日子。

虽然国民党军队在撤逃前炸毁的码头及其设施还一片狼藉，虽然国民党军队在飞机场炸毁的汽油库还散发着难闻的气息，虽然街道还在火焰的笼罩之中，但这火焰，似乎要烧干净国民党残留的一切污渍，以全新的姿态迎接一个崭新的舟山！

红红的太阳从东方冉冉升起，在舟山群岛上飘起了鲜艳的五星红旗，那么美丽，那么令人欢欣鼓舞，这给了大家无限的动力。

到这时，舟山群岛全部获得了解放，舟山战役宣告胜利结束。

这次战役共计歼敌8000余人，缴获各种火炮68门，枪支2451支（挺），电台13部，汽车22辆，击毁、击伤军舰各1艘。

舟山战役的胜利打破了国民党妄图将舟山变成第二个台湾的美梦，粉碎了国民党对长江口的封锁，打通了南北海上的交通，为浙江沿海其他岛屿的解放和保卫我海防安全创造了有利条件。同时，也为宁波人民的安居乐业创造了条件。

舟山群岛登陆战

7月至8月间，宁波至舟山、上海至宁波间的商船和客轮恢复了通航，渔民开始出海捕鱼。从此，宁波进入了一个恢复和发展的崭新时期。

解放了海南岛和舟山群岛，毛泽东的下一步棋就是进攻台湾岛了。台湾已经进入临战状态。台湾是不是守得住，已经成为台北街头巷尾人们议论纷纷的话题。

有人说，300年前荷兰大鼻子都抵挡不了郑成功的海师，从大陆溃败下来的国民党残余部队，能够守住台湾吗？台湾岛上，人们沉浸在一片悲观与惶恐的气氛中。

蒋介石接着又开杀戒，杀了几个大人物来镇压人心。先以通共罪枪毙了国防部参谋次长吴石中将和第四兵站总监陈宝全中将，接着，又以通共策反汤恩伯为罪名，判处原浙江省主席陈仪死刑，并执行了枪决。蒋介石可谓是疯狂了。

毛泽东和人民解放军在准备攻占台湾的同时，对沿海岛屿也展开了积极的军事行动，致力于肃清海防，巩固国门。

二、 苏南诸岛炮艇战

● 海面掀起层层巨浪，怒吼着，冲向天空，转眼间，暴雨又倾泻下来。我军战士顶着大雨驱船前行。

● 陈雪江举着望远镜，观察着浦东沿岸的地形情况，嘴里还不停地说着"快往右"、"快靠左"的命令。

● 在箱子岙敌人的阵地上，火光一片，浓烟滚滚，敌人一个个吓得找不到藏身的地方，哭声、喊声、求救声此起彼伏。

炮艇大队受命攻占苏南诸岛

解放军在攻打登步岛前夕,第三野战军就曾给第七兵团下达过指示:

> 夺取登步岛必须集中足够的兵力,要有保障第一梯队同时起渡,第二梯队连续航渡的足够船只;要准备掌握敌情、水情、风向、气候的变化;要严格检查参战部队的作战部署和各项准备工作……

然而,六十一师并没有因这一指示而警醒,在急于求胜的心态下,轻易发动了登步岛登陆战,以至于登陆受挫,元气损伤。

在这种情况下,解放苏南诸岛的任务按步骤下达到了华东海军海一纵炮艇大队,由刚成立的海军部队去解放苏南诸岛。

苏南沿海诸岛包括马鞍列岛、嵊泗岛和崎岖列岛。这些岛屿构成了上海、宁波、杭州的天然屏障,地理位置十分重要,成为敌我两军争夺的重点。

国民党主力部队撤离舟山后,留下的原江苏省主席丁治磐率领张阿六、袁国祥、黄八妹等,曾将众海匪万余人混编成"东南人民反共救国军"。

这些匪军以马鞍列岛的嵊山、嵊泗列岛的泗礁、崎岖列岛的大小洋山、杭州湾的滩浒山岛为中心设防，和解放军进行对抗，给东南沿海带来了极大的安全隐患。

这些国民党的残兵败将和岛上的海匪，肆意烧杀劫掠，切断南北航运，破坏渔民生产，并以此作为向大陆派遣特务的跳板。

如果不拿下苏南沿海岛屿，不仅不能彻底打破国民党对上海和长江口的封锁，华东军区海军也无立足之地。

舟山群岛刚刚解放的时候，炮艇大队才完成组建任务，下辖相当于陆军营编制的三个中队，有 45 艘舰艇，共分为以下三类：

一类为国民党海军制造的用于内河航道的木壳巡逻艇 12 艘；

二类为抗日战争时期日本造的小炮艇，当时是专门用于在长江和湖泊里围剿新四军的炮艇；

三类为美国人造的 25 吨小登陆艇 23 艘，后经国民党海军改装成炮艇，也用于江河湖泊的巡逻作战。

这些船只大都 20 多米长，火力射程不是很远，前甲板装有双联 13 毫米机关炮，后甲板上还有一挺重机关枪。航速每小时在 12 节左右，排水量为 25 吨，和敌人的舰艇相比，差距很大。

负责攻占苏南诸岛任务的是炮艇大队的队长陈雪江，他曾经参加过新四军，调入海军前是陆军二二一团团长，

苏南诸岛炮艇战

共和国的**历程**

·乘风破浪

在部队里有"好战分子"之称。在他的领导下，部队屡创战绩，所以由他出海作战是最合适的了。

陈雪江曾被分配到"永绩"号炮舰任职。他听说这条烧煤船原来是当年慈禧太后游山玩水的花舫，当时就一口拒绝了。

陈雪江请求上级能够让他到其他舰艇上任职，最好是能跟敌人面对面交火的舰艇。结果，他被派到了炮艇大队。

"牛人"陈雪江接受攻岛任务

七兵团司令员张爱萍在华东海军军政委员会上，论证了关于炮艇配合陆军解放沿海岛屿的可能性，希望炮艇大队能够领会兵团的整体战略。

因为中型以上的作战舰艇还无法投入使用，舟山群岛上空又无制空权，所以只能由炮艇大队去执行解放苏南诸岛的任务。

张爱萍在会上对陈雪江说："希望炮艇大队能够不辱使命，敢拼能胜，为后续舰艇出海作战做出好榜样。"

陈雪江拍着自己的胸脯，响亮地说："请首长放心，保证顺利完成任务！"

张爱萍笑了笑，投去赞许的目光，说道："好！有志气，我等你的好消息！"

对于这个"牛人"陈雪江，有人问他，你也没打过海仗，怎么这么牛气？

但陈雪江自有他的想法，他觉得炮艇能在江里行驶，就能在海里行驶，而在海里能不能行驶的关键是看它在水里的稳定性怎么样。

这些炮艇，不论是美国造的，还是日本造的，都有一个共同特点，那就是驾驶台低，舷坡贴近水面，稳定性能较好。

苏南诸岛炮艇战

当然，他心里也有忧虑的地方，这些小艇都是按照内河防务需要设计的，从没有出过长江口，能不能出海作战还需要实践来检验。

在这次会议之后，陈雪江的观点得到出身为船员的人的认可。在大家看来，炮艇比木帆船强多了，木帆船都能出海作战，炮艇肯定没问题。

可是有航海经验的战士却反对了，他们觉得这样的炮艇根本不适合渡海作战，不能不认真考虑炮艇的技术实力。甚至有人说，陈雪江接受这个任务就是想瞎指挥，刚脱下黄军装没几天，海水是甜是咸都不知道呢，就敢去冒险渡海作战，太鲁莽了。

但是，不管怎么样，这个任务陈雪江都接定了。随后，将炮艇大队一分为二，凡是能跑得动的炮艇由陈雪江和政治处副主任廖云台率领，赶赴集结地上海，其余留在镇江待命。

陈雪江下达出海作战命令

陈雪江率领的炮艇经过几天的航行，终于到达了扬子江码头。但出航前的检查结果，却令所有的人都惊愕了，他们发现每一艘炮艇都发生了故障，无法完成渡海任务。

后来，他们请来了懂得修理船只的师傅，维修人员听说他们三天后就要出海打仗，全都摇头，认为短期内修好是不可能的事情。

陈雪江问："那需要多长时间呢？"

维修人员算了算说道："最快一个月。"

陈雪江显得很着急，对那些维修人员说："能不能多派些人来，尽快抢修一下呢？"

维修人员答道："这么小的一个炮艇，人多了也帮不上忙啊。"

陈雪江站在那里急了，问："还有别的办法吗？"

"没有，一个月是最起码的时间。"维修人员无奈地说道。

陈雪江站在那里又气又急，不知道如何是好，因为这个时候大家已经做好了渡海作战的准备，三天后出海绝不能推迟。

陈雪江就让作战参谋方汉卿再次进行深入调查，发

苏南诸岛炮艇战

现问题大部分出在动力系统上。于是，陈雪江决定自己动手，先采购零件，然后抢修。

在动员大会上，陈雪江这样表示：

> 首先，我要特别感谢原海军人员，是你们把十年没有修理的炮艇由镇江开到上海，这是件很了不起的事情，你们立了头功！但是，开到上海只是第一站，我们还要把它开出长江口，到海上去打仗！
>
> 炮艇的现状大家都清楚，谁来修？各位轮机长都是这方面的高手，这次就全仰仗大家了，我给大家敬个礼，大队党委信任你们！我还是那句话，军令如山，令下必行！

下面的海军战士小声议论开了，他们心知肚明，出海打仗没别的船可乘，老天爷不可能派来航空母舰，在这一点上他们必须休戚与共。

两天后，大家创造了一个个奇迹，经过抢修，12 艘炮艇全部可以备战备航！

1950 年 6 月 15 日，一支由 4 艘步兵登陆舰和 12 艘炮艇组成的战斗编队驶出吴淞港，他们的战斗任务是配合淞沪警备区攻打崎岖列岛的滩浒山等苏南诸岛。

这个时候，陈雪江的炮艇大队整装待发。在船上，陈雪江摸摸左右腰间的两支手枪命令道："通知各舰艇，起航！"

　　这个时候，一种自豪感荡漾在陈雪江心头。这是陈雪江自参加海军以来第一次下达出海作战的命令！正因为这样，他才牢牢记住了这个具有特殊意义的日子：1950年6月15日。

　　陈雪江率领的16艘舰艇，以"古田"号指挥舰为前导，三艘小型坦克登陆舰居中，12艘炮艇殿后。按照作战航行计划，驶到长江口外，变换为战斗队形向前驶去。

苏南诸岛炮艇战

炮艇大队在既定航线上前进

陈雪江和他的炮艇舰队浩浩荡荡地行驶在大海上。

这次作战航行的路线是：编队出了吴淞口向右转，朝着长江口行驶；出了长江口，沿着上海市浦东的川沙、南汇折向东南；过了南汇嘴，再右转，向西南航行，直插杭州湾里的滩浒山岛。

对于岛上的守敌，陈雪江是再熟悉不过了，不久前他们还在太湖上交过手。此人就是黄八妹！

黄八妹，正名黄百器，是太湖惯匪黄岳书第八个女儿，生得浓眉大眼，体态短粗，一副男人模样。

她自幼善舟楫，使双枪，曾经拜上海滩青洪帮主杜月笙为老头子，人称女中丈夫。她还当过国民党的县长，前夫谢某是军官，拉起过千余人的队伍，号称"忠义救国军"，自封司令。

早在 1942 年冬，黄八妹伙同浙东三北地区匪首艾庆璋等人，奉国民党第三战区司令长官顾祝同密令，破坏国共合作，抢走浙东纵队库藏货物。后被中国人民解放军谭启龙部击溃，侥幸逃脱。后来她流窜于江河湖海，成为万民切齿的女海匪，可谓是恶贯满盈。

在上海围困期间，汤恩伯多次劝她去台湾，她都拒绝了，并退守滩浒山。在她看来，这座孤岛紧邻大陆，进可攻，退可守，正合她意。国民党赏其忠勇，便授予她"光复英雄"称号。

陈雪江站在"古田"舰指挥台上，举着望远镜，观察着浦东沿岸的地形情况，嘴里还不停地说着"往右"、"靠左"的命令，他们的船队准确地行驶在既定的作战航线上。

师参谋长对陈雪江敬佩地说道："队长，听说你也是第一次出海作战，能指挥编队保持这样好的队形，我想我们一定会胜利的！"

陈雪江笑了笑说道："一般般嘛，在航海方面我现在还是学生，我这是运用陆军的经验在指挥啊！"

陈雪江自从接到这个出海任务后，就找来一幅海图，反复辨认、加强记忆。在出航后，陈雪江一面观察，一面识图，修正了过去判断中的很多差错。

苏南诸岛炮艇战

炮艇大队与风浪搏击

陈雪江从望远镜里看到，海面还算平静，舰艇虽有摇晃，但并不影响航行。

"方参谋！"陈雪江站在船头突然叫道。

这个方参谋，名叫方汉卿，是国民党起义士兵，在一艘炮艇上当轮机长，上士军衔。因为这个人的思想觉悟高，技术精，陈雪江就把他破格提升为参谋。有人说方参谋是陈雪江的"高级上士参谋"。陈雪江自知缺乏海军知识，走到哪里，就把他带到哪里。

听到队长叫自己，方汉卿来到陈雪江跟前，问道："大队长，你找我啊？"

陈雪江点了点头，然后指着天空右前方飘浮的黑云，问道："那会是起风的征兆吗？"

方汉卿抬头看了一会儿说："可能会出现不好的情况，我建议通知各舰艇要小心，以防万一！"

陈雪江表示赞同，他很相信方汉卿的判断，马上下达了命令："注意防风！"

真的如他们所料，黑压压的乌云越来越暗，越来越低，慢慢地，狂风就肆虐起来，从天空扑向海面。刚才还风平浪静的海面，刹那间，像一只愤怒的狮子在不停地吼叫。

陈雪江站在船头，看看前面 3 艘小型登陆舰，又回头看看后面的 12 艘炮艇。他看见自己的舰队在海水里左右晃动，炮艇上的战士都站不稳了。

　　陈雪江大声喊着："方参谋，方参谋!"

　　"大队长，我在这儿。"

　　"现在有几级风?"

　　"我测过了，是 5 级。"

　　"还会增强吗?"

　　"看这情形，很有可能啊!"

　　此刻，他们的船队已经来到上海浦东的南汇嘴。这里海面开阔，东面是汪洋一片，前面也是一片汪洋，在这里停靠可能会安全些。

　　突然，大雨倾盆而来。海面掀起层层巨浪，怒吼着，冲向天空，转眼间，又倾泻下来。站在船面上的人都被大雨和巨浪溅起的浪花淋湿了。

　　陈雪江这个时候显得极其冷静，他继续观察着行驶在后面的 12 艘炮艇。

　　不好，望远镜里竟然少了两艘炮艇!陈雪江的心一下像给什么揪住了。不好!又少了两艘!陈雪江的心被揪得更紧了，第一次出海就遇到这样种况。

　　啊!又少了两艘!也就是说，12 艘炮艇已经翻了一半，翻掉一半啊!突然，望远镜里多了一艘，出现了 7 艘。陈雪江的心似乎松动了一下。嘿!又多了一艘，出现了 8 艘。陈雪江的心似乎又松动了一下……

苏南诸岛炮艇战

后来 12 艘炮艇全出现了，一艘不少，仍是 12 艘炮艇！陈雪江终于明白了：刚才少了的炮艇，是跌进两个巨浪之间的深谷里去了，刚才又冒出来的炮艇，是随着两个巨浪的奔腾，又被托到了浪尖。

看到自己的船队安然无恙，陈雪江放心多了。这个时候，大风由 5 级增到 6 级，又增到 7 级。

7 级！这将是多么大的风啊！在陆地上也不是常有的，据许多海军人员说，这种 25 吨的炮艇，只能抗五六级的大风，现在已增至 7 级，太危险了！如果再增强，后果将会不堪设想。

在这危急的时刻，后面的 12 艘炮艇上不断传来战士们的呼叫声：

"航行困难！"

"舱已进水……"

没多久，中间的三艘小型坦克登陆舰也传来了此起彼伏的呼叫声，战士们喊道：

"舰身摇摆 35 度！"

"舱面已经无法站人……"

舰艇乘风破浪前进

16 艘舰艇上，战士们不断地呼叫，生怕被海风吹散。不能再犹豫了，陈雪江意识到，必须马上采取必要的措施。

正当大家拼命呼叫的时候，陈雪江望着前方和左前方那波涛汹涌的大海，知道前进很危险，左转向东更危险，必须选择一个安全一些的路线。

陈雪江说："方参谋，我看咱们还是后转返航吧！不管是继续前进，还是左转向东，都有危险啊！"

方汉卿大声回答说道："但是，后转返航危险更大。转弯时，舰艇侧面正好对着大风大浪，其压力要比现在大数倍，还没有等我们转过来，舰艇可能就被掀翻了！"

知道后转返航也不行，陈雪江急忙问道："那我们抛锚如何啊？"

方汉卿也无可奈何地说："我们的锚链细，不过，也没有别的好办法，我们试试吧！"

"好，命令各舰艇抛锚！"陈雪江马上下达了命令，有 4 艘小型军舰尽管还在水里摇摆不定，但铁锚还是深深地扎入了海底。

可是，12 艘炮艇却不断传来呼叫：

"我艇拖锚了！"

苏南诸岛炮艇战

"我艇锚链崩断了！"

"我艇锚链丢了……"

炮艇竟然连锚链都断了！这个时候，陈雪江头脑里突然萌生了抢滩的念头。

"方参谋，叫炮艇抢滩吧！"

"只有这个办法了！"方汉卿很赞成队长的决定。

陈雪江右手向南汇嘴沙滩一指，命令道："好，通知各艇，抢滩！"

命令下达后，只见一艘艘炮艇，向右一拐，直向沙滩快速行驶。

11 艘炮艇终于在更大强风来到之前，稳稳地冲上了沙滩。4 艘小型登陆舰及一艘指挥艇仍在原地抛锚，继续与风浪搏斗着……

轻取滩浒山岛

一夜过去，风浪渐渐弱了下来，海面又恢复了往日的平静。红红的太阳出来了，把整个海平面都染红了，大海又变得可爱起来。

陈雪江一夜未眠，此刻他放眼望去：第一个映在眼里的是右前方那11艘炮艇。这些炮艇由于是涨潮时抢滩的，现在已退潮，都远远地离开了水线，只能等到涨潮时才能下水了。

是组织现有的4艘登陆舰及指挥艇继续出发呢？还是等涨潮后和11艘炮艇一起行动呢？陈雪江在指挥台召开了紧急会议。

在会上，大家的意见发生了分歧，有人认为，如果等到11艘炮艇脱离沙滩再行动，就可以掩护部队进行登陆，胜利的把握就会大一些。

主张现在就走的人认为，在敌人未发现他们之前行动，能起到奇袭的效果，同样有胜利的把握。大家各抒己见。

陈雪江果断地说："我看不用争了，我主张马上行动!"

"我同意!"方参谋大声拥护队长的决定。

剩余的炮艇马上起锚起程。中队长张大鹏的指挥艇

苏南诸岛炮艇战

共和国的**历程**·乘风破浪

为前导，指挥舰"古田"居中，三艘运载陆军的小型登陆舰殿后，形成一路纵队向南驶去。

就这样，陈雪江率领仅有的几艘炮艇越过南汇嘴，右拐弯，直奔滩浒山岛。到 6 月 16 日早上 8 时，在没有敌人阻击的情况下，炮艇就把陆军一个营送上了滩浒山岛的滩头，展开了攻岛行动。

登岛后，大家在岛上搜索了大半天，也没有发现一个土匪，他们跑到哪里去了呢？

"真没有想到，我们上来一个营，却没有看到海匪的一个影子！"陆军营长有些失落地说。

陆军参谋长安慰营长说道："这就表明岛上并没有敌人把守啊，不过也好，我们可以向岛上的老百姓宣传咱们党的政策嘛！"

于是，全岛 300 多居民被集中到一个池塘边。参谋长站在众人面前，大声讲着渡江战役以后的形势，并告诉岛民，他们登陆的目的是来消灭海匪和国民党逃兵的。

陈雪江突然走上去拉拉参谋长，轻声地说："参谋长，你发现没有？男青年特别多。"

经大队长这么一提醒，参谋长这才注意到，男青年竟占了一半多。根据参谋长的经验，300 多人，男青年最多占五分之一左右，而现在却占了一半还多，显得很异常啊。

参谋长的话锋一转，严厉地问道："你们中间，哪些是海匪？只要坦白交代，一律从宽处理！"

突然从人群中走出两个年轻人，说道："报告首长！"

"我们是解放军战士，这里面有海匪！"喊"报告"的这个年轻人叫林小强，原来他们两个人是被国民党抓到这个岛上的。

林小强说出了他们被抓的经过：

他们是淞沪警备区后勤部队的战士。两个月前，他们班5名战士，由他领着，护送一船物资，由吴淞码头开往崇明岛。经过长兴岛附近时，突然被一股海匪劫持到了这里。

这5名战士，3名已被押送外岛，他与另一名战士留在这里当伙夫。他俩几次合计逃走，都因没有船而没有成功。他俩又想随海匪出海，以便乘机逃走，但海匪头子黄八妹不准，反而把他们监视起来。

参谋长指指人群，说道："好吧，你就说说，这里面哪些是海匪？"

林小强先指出一个海匪大队长，又指出一个海匪中队长，最后一共指出46名海匪。

原来，当时海匪大队长看到那么多解放军登陆，吓坏了，就命令把武器扔进池塘，全部乔装打扮成岛上的居民，混到了人群里。

参谋长问那些海匪说："你们不是有100多人吗？怎么才46个呢？"

一个海匪回答道："一大队出去了，留在岛上的是二大队。"

"谁领着出去的?"

"黄八妹!"

参谋长解散了群众,叫营长把46名海匪及武器分别集中到两处,自己去找陈雪江商量处理办法。可是,找了几圈也没有见到陈雪江的身影,后来在一所渔民房子里发现了他。

陈雪江兴奋地告诉参谋长:"刚才我听林小强说黄八妹出去的事,就马上把海匪中队长带到渔民房子里审讯,有重大发现啊!"

经过陈雪江耐心劝导,海匪中队长证实了两个情况:一个是,在滩浒山岛的西南几百米处,有个小礁,小礁上有一个洞,洞里藏着一部电台及一些武器;另一个是,两天前,黄八妹把部下一分为二,二大队守岛,而她自己则率一大队出岛行动,预计明天返回滩浒山岛。

鉴于这种情况,陈雪江马上派中队长张大鹏指挥炮艇前去小礁搜索,果然找到了海匪所说的那个礁石洞,一部电台和7支步枪全都在那里放着。

6月17日夜,陈雪江率领炮艇大队,进入滩浒山岛,天快亮的时候,他们捕获了返岛的两条匪船,俘虏了40多名海匪。

抓到海匪后,陈雪江问那些土匪:"你们的司令黄八妹呢?"

土匪回答道:"她说,先叫我们回岛,然后再去接她。"

原来，这个狡猾的黄八妹考虑到出来已经两天了，又刮了一场大风，怕岛上情况有变，便叫一大队先回岛上探个究竟，所以才没抓到她。

陈雪江暗暗骂道：这个狡猾的黄八妹，还是给她逃了！

于是，陈雪江指挥"古田"舰回到滩浒山岛锚地。在这个时候，滞留海滩的11艘炮艇，除两艘外，其余9艘也已来到锚地会合。

陈雪江下达了命令：

尚在沙滩上的两艘炮艇下水后自行回上海；"古田"等四艘小型军舰运送陆军营及俘虏返航回上海；剩余十艘炮艇去舟山群岛配合陆军执行剿匪任务。

解放滩浒山岛虽属小型行动，但影响之大却在意料之外。

敌人异常惊慌，国民党江苏省主席两次发报给蒋介石，要求"紧急派舰队增援"，否则长江口外的苏南诸岛将"难以固守"。

至于让敌人震惊的原因，陈雪江分析后认为，主要有三个方面：黄八妹是海匪中最狡猾的头子，现在她的老窝都被解放军端了，其他司令就更难守住岛屿了；滩浒山岛位于苏南诸岛以西，是这些岛的"眼睛"，现在

苏南诸岛炮艇战

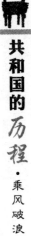

"眼睛"瞎了，苏南诸岛上的敌人就有随时挨打的可能；这次解放军攻占滩浒山岛，是在大风过后，说明我海军战斗力已达到相当水平，具备了出海作战的能力。

陈雪江把自己的看法报告给了七兵团首长。

张爱萍召开党委会研究，决定首先攻占嵊泗列岛，然后再攻取其他苏南沿海诸岛。

三路进军攻取嵊泗列岛

1950 年，华东军区海军奉命配合陆军三十三军九十八师二九三团及二九四团一个营进攻嵊泗列岛。

嵊泗列岛位于舟山群岛北部，长江口与杭州湾的会合处。它与上海隔海相望，距上海南汇芦潮港仅 17 海里，南邻"海天佛国"普陀山。主岛泅礁山，居列岛中部，距上海吴淞口约 80 海里。地理位置十分重要，被称为"江浙沪屏障"。

列岛由泗礁山、嵊山、枸杞、花鸟、大洋山、小洋山、黄龙、东绿华、西绿华、马迹等大小 400 多个岛礁组成，是舟山群岛最北端的一组列岛。

为了彻底消灭国民党残部，发展渔业生产，巩固国防前线，七兵团成立了解放嵊泗列岛指挥部，由淞沪警备区九十八师副参谋长鲁突任总指挥，松江军分区副司令员朱亚民和九十八师政治部副主任寿文魁任副总指挥，统一指挥解放嵊泗列岛的战斗。

为了确保战斗的胜利，减少不必要的损失，指挥部仔细研究了嵊泗列岛的地形、敌情以及风浪气候等，针对守敌多为惯匪，既诡诈狡猾、顽劣成性，又熟悉岛屿地形及潮汐规律等具体情况，确定了部队的进剿方针：

苏南诸岛炮艇战

伺机捕捉敌主力，一举歼灭之，而后分区搜剿各岛残敌。

在进剿部署上，决定以嵊山、枸杞为主攻方向。整个进剿战斗分三路进行：

第一路，由鲁突、二九三团团长曾永华、政委边立敬率领该团一营、二营和师战防炮、步兵炮各一个连，乘"源江"、"瑞金"、"兴国"三舰以及几只小型登陆船和渔轮，进攻嵊山、枸杞、花鸟诸岛。

第二路，由朱亚民、寿文魁率二九三团三营，乘"卫岗"、"车桥"两舰和小型登陆艇及渔轮，进剿泗礁、马迹、黄龙诸岛。

第三路，由二九四团团长赵克显率领该团三营，分乘 68 号、105 号两舰及若干渔船，进剿大小洋山岛。

朱亚民副司令员组织熟悉水路的浦东船老大，为战斗部队做向导。

经过半个月的紧张战备，1950 年 7 月 6 日上午，满载人民解放军指战员的 30 多艘舰船，分别从浦东第七码头和南汇县芦潮港起航向嵊泗列岛进发。

7 日 10 时 10 分，二九四团三营到达大小洋山岛，先以八连两个班登陆沈家湾。

10 时 15 分，又以两个班登陆薄刀嘴，同时，从占领沈家湾的部队中分出一个班的兵力登陆中门堂。

10 时 45 分，二九四团三营九连以 4 个班在大洋山大备登陆，随后，八连、九连等由燕子岙登陆。

12 时 07 分，七连也顺利进占了小洋山。

大小洋山岛全部被解放军占领，并俘敌 20 余人。

由鲁突、曾永华、边立敬率领的前线指挥部和二九三团一营、二营，于 7 日抵达嵊山海面。

据守嵊山的顽敌不甘心轻易当俘虏，自不量力，以卵击石，开炮拦击我军。

面对敌人的负隅顽抗，解放军的舰船炮火马上进行还击。

因"源江"号等舰船吃水较深，不能直接靠岸，而且海上的风浪又大，所以解放军战士无法换乘小艇登陆。

指挥部马上决定先攻下与嵊山岛毗邻的枸杞岛作为依托，然后攻占嵊山。

15 时 30 分，一营派二连和三连攻击枸杞岛。

刚刚交手，敌人就迅速溃散。

解放军乘势猛追，在三大王一带全歼敌杨品生部 100 多人，而杨品生则率 10 多人跳海逃走了。

二九三团在攻占枸杞的同时，一营一连立即分乘两艘渔轮封锁嵊山海面，防敌逃窜。

由朱亚民和寿文魁率领的三营于 7 日 14 时在主岛泗礁山顺利登陆。随后，三营一部又迅速进占了金鸡山岛，俘敌 100 余名。

7 月 8 日，二九四团又以两个排的兵力，在当地渔民的积极配合下，分乘两条帆船，趁黎明风平浪静的有利

苏南诸岛炮艇战

时机，一举攻占了马迹岛，缴获轻机枪一挺，步枪、手枪 10 多支。

另一路，一营一部采用政治攻势，和平解放了黄龙岛，缴获 30 多支枪和一批弹药。

至此，泗礁山及其邻近小岛的残敌基本肃清。

勇猛夺取嵊山岛

　　解放军在攻取了嵊泗列岛中的其他岛后，就把下一个进攻的目标集中到了嵊山岛。

　　此岛是嵊泗列岛中一个较大的岛屿，与枸杞岛隔海相望。地势极为险峻；悬崖峭壁，仅箱子岙一处可以登陆，而箱子岙又是腹深口窄，难以攻取之地。

　　在战役发起前，花鸟、绿华、野猫洞等岛屿的残敌均集中于该岛，这使解放嵊山岛的战斗更加困难。

　　为此，登陆部队必须寻找应对的办法。

　　根据敌情，指挥部决定，调"车桥"、"卫岗"两艘登陆艇前来参战，二营四连乘"卫岗"艇，五连乘"车桥"艇，六连分乘登陆艇及渔轮各一艘为预备队。另派三连乘民船 10 艘，相继自枸杞、嵊山间的海峡偷渡登陆。

　　为了掩护解放军登陆部队，指挥部还在距箱子岙西侧高地 600 米到 1000 米的枸杞大王岙东门头布置了两门步兵炮、六门六〇炮和两挺重机枪，以压制守卫箱子岙的敌人火力。

　　在各项准备工作完毕后，到了 8 日傍晚的时候，"兴国"、"瑞金"两舰从枸杞岛起航，30 分钟后，停泊在距师山岛 3000 米的北侧海面下锚。

两舰的炮火一齐向箱子岙守敌发起攻击。同时，位于枸杞岛陆上的炮火也划破傍晚的天空，穿越海峡，飞向箱子岙的敌人阵地。

刹那间，在箱子岙敌人的阵地上，火光一片，土石横飞，浓烟滚滚，敌人一个个吓得找不到藏身的地方，哭声、喊声、求救声此起彼伏。

在海面上，解放军满载攻岛部队的"车桥"、"卫岗"舰以及"华龙"渔轮等舰船向箱子岙急速前进，大家已经迫不及待要奋勇杀敌了。

当舰船驶到贯口附近时，遇到了敌人战防炮和轻重机枪的猛烈阻击，少数指战员负伤了。但是，残敌的疯狂挣扎阻止不了解放军前进的步伐。

登陆后，指战员们不顾海滩上锋利的蚌壳、碎石和荆棘，冒着弹雨，勇敢地涉水冲上滩头。

解放军冲过敌人前沿滩头阵地后，五连一排和二排攻占登陆点右侧的一个高地；三排与四排并肩作战，向后头湾和大玉湾攻击，给残敌"东南人民反共救国军"第三纵队特务大队和"嵊泗支队"以致命的打击。

8 日 24 时，解放军攻占嵊山的战斗全部结束，歼敌300 多人，缴获了大批武器弹药。

嵊泗解放后，解放军于 9 日拂晓起，继续清剿各岛零星残敌。

上午 10 时 30 分，解放军乘"车桥"、"卫岗"两舰在花鸟岛登陆，俘散匪数名和敌自卫队 12 人，又立即派战士守卫建在该岛上的国际灯塔。

八连乘渔轮 3 艘，也于上午从嵊泗起航，向东西绿华岛进发，中午 12 时 30 分登陆，俘敌一部，缴获部分枪支。

至此，嵊泗及附近海岛之敌全部被肃清。

整个战斗从 7 月 7 日上午 10 时开始，至 8 日 24 时基本结束，9 日起即转入清剿，共歼敌"东南人民反共救国军"第一、第三纵队所辖各支队大部，俘敌第三纵队代理指挥官张祥云以下支队级骨干 11 人。

嵊泗列岛解放后，其他岛上的敌人更加恐慌，解放军的舰艇编队乘胜追击，苏南诸岛全部解放。

这一次战斗，击毙敌总队长康金光以下 100 多人，活捉敌支队长张冠军以下 300 多人，还缴获一批武器、弹药和物资等。

为此，新华社报道说：

人民解放军第三野战军一部，在人民海军配合下，已于 7、8 两日全部占领长江口外的嵊泗列岛……该岛解放后，上海、浙江间商旅船只行驶已日趋安全，附近渔民已纷纷下海捕鱼。

奔袭披山之战，击沉敌炮艇 1 艘，俘获敌炮艇 1 艘、机帆船等 3 艘，毙俘敌军 100 余人，显示了人民海军的雄威，我炮艇部队在海军发展史上写下光辉的一页。

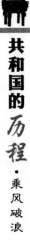

　　苏南沿海诸岛解放后，张爱萍又忙于组建舟山海军基地，继续指挥部队和海上的敌人作斗争。

　　1950年9月25日，舟山海军基地宣告成立。

　　为加强舟山群岛的防务，张爱萍乘坐"遵义"舰出海，勘察岸炮阵地，调查海港设施。这是张爱萍第一次率舰出海，亲身体会到了新中国日益强大的海军风貌。

三、 万山群岛大海战

●周恩来对叶剑英说："你们那里的海军力量
比较弱，但是也要千方百计把万山群岛拿下
来，打开珠江的出海航道！"

●洪学智："我们的口号是与敌人针锋相对，
拿下万山群岛，占领祖国南大门，解放整个
华南！"

●毛泽东主席对于万山海战给予高度评价：
"这是人民海军首次英勇战例，应予表扬。"

周恩来要聂荣臻打通出海通道

1950 年 3 月的一天，周恩来在办公室等待召见一个人，那就是主管军事的聂荣臻。

远远地，周恩来就看见聂荣臻走进门来，便马上起身迎了上去。招呼聂荣臻坐下后，警卫员倒上了一杯热腾腾的茶水。周恩来面带微笑对聂荣臻说："聂荣臻同志，找你来，是同你商量打破敌人封锁的问题。"

小小的房间，被茶水的香气笼罩着，但是聂荣臻却看到了总理脸上的忧虑，不知道会有什么任务向他交代。聂荣臻估计，就目前的情况来看，恐怕就是沿海岛屿的事情吧。

两人坐定之后，周恩来向聂荣臻传达了几位常委的决策。周恩来说，中央常委在一次会议上，分析了敌人对海上封锁所出现的情况。现存在如下问题：

国内外贸易受到重大影响，闽、浙、粤对南洋、港澳的航行已经中断；通往上海、广州等地的海路很不安全，一些外轮不得不在吞吐量极小的一些偏僻小港卸载货物，致使物资大量积压，无法流通。

为了开展必要的对外贸易，我国政府在经济极端拮据的情况下，仍忍痛以高价租用外国货轮，为此每月要支付租金人民币 1750 亿元（指当时的旧币，1 万元旧币等于 1 元新币），而这些外轮仍不时遭到国民党海军的扣留和袭击。

渔业生产也遭受重大损失，有 50 万渔民不能出海捕鱼，被掠走的渔船达 2000 余艘，被抓走的渔民达 1 万多人。

周恩来所说的这一切，都直接影响到国家的经济建设和人民的生活，所以周恩来才显得神情凝重。为此，中央常委决定，要尽快打破敌人的海上封锁。

周恩来看着聂荣臻强调说："目前的重点是先打通珠江和长江的出海通道！"

周恩来又问："你们有什么想法吗？"

聂荣臻说："这个问题我们也多次作过研究，并拟订了一个方案。我回去后，根据中央的最新指示精神，再进行修改上报。"

"好！好！"周恩来笑呵呵地说。

中共中央十分关注沿海岛屿的情况，为了解放万山等岛屿，周恩来多日来忧心忡忡，特别是听说万山守敌在沿海地区为非作歹，给人民的生命财产安全带来了极大的威胁，他更显得异常忧虑。

很快，周恩来就接到总参谋部的方案，看后报请毛泽东主席。

毛泽东看到这个方案后，也表示同意，并嘱托要快速行动。

万山群岛大海战

叶剑英紧急召见洪学智

周恩来一方面敦促聂荣臻抓紧实施解放万山群岛的事，另一方面又给中南军政委员会副主席、中央华南分局第一书记、广东省人民政府主席兼广州市市长叶剑英打电话，和他商量解放万山群岛的事情。

在电话中，周恩来对叶剑英说："你们那里的海军力量比较弱，但是也要千方百计把万山群岛拿下来，打开珠江的出海航道！"

叶剑英接到周恩来的指示后，感到责任重大，马上把江防部队司令员兼政委洪学智叫到了自己的办公室。

叶剑英向洪学智传达了中央的指示精神和总参谋部的计划。

"是吗？太好了！"洪学智显得很兴奋。

"好像你已经有了什么想法？请说说看。"叶剑英笑着问道。

洪学智对解放万山群岛的确早有想法。因为沿海岛屿上的敌人实在太疯狂了，他早就忍无可忍了，早就想给予敌人狠狠的打击了。

在当时，国民党海军舰队进驻万山群岛以后，在珠江口无恶不作，敲诈勒索渔民，向往来于香港、澳门的商船要"买路钱"。

后来，万山群岛上的敌人竟然抢劫香港拖轮"新生"号，劫去客商黄金 562 两，引起了一桩轰动香港的"海鲨诉讼案"。

作为江防部队司令员，洪学智更关心解放万山群岛的事，他已着手进行了研究，临来前，还与兵团司令员邓华交换过意见。

洪学智坐在叶剑英的身旁，端起桌子上的热水轻轻地喝了一口，然后就谈了自己的初步设想，并从各个方面分析了万山群岛的形势。

"你们的想法很好，你回去后，先拟订一个万山群岛作战方案送给我，我也要马上向中央军委写报告，待批准后再行动。"

"是！"洪学智大声说道。

在洪学智临走的时候，叶剑英站起来再次强调说："在拟订作战计划的时候，一定要搞清楚敌人的兵力，特别是要搞清楚敌人舰队的活动情况和部署，不能打糊涂仗啊！"

叶剑英尽管身经百战，但他还是不放心。他非常郑重地一手抓着洪学智的手紧紧地握着，一手拍着洪学智的肩膀，继续说道：

　　对我们的陆军，我很放心，只要能登上岛，敌人再多也不难解决；对于我们的江防部队，由于装备很差，又没有海战经验，所以要慎重

行事，只有搞清楚敌人舰队的情况，才能拟定
对策，掩护和运送陆军登岛作战。

对于上级的嘱托和安排，洪学智铭记在心。

洪学智回去之后，就开始了准备工作。大家信心百
倍，决心要像解放海南岛那样解放万山群岛。

洪学智召开攻岛作战会议

1950 年 4 月底，洪学智从叶剑英那里回来后，立即召开了一次重要会议。

为了实施统一指挥，会议成立了由陆军四十四军一三一师师长刘永源、副师长邵震、参谋长张怀礼、政治部主任李长如和海军江防部队黄若萍、李怀章、邓楚白等领导参加的联合指挥所。

在这次会上，洪学智分析了敌我双方的形势以及渡海作战的设想，并和大家一起分析了可能会遇到的各种情况和困难。

万山群岛位于我国第五条大河珠江口外，有 40 多个岛屿，遍布于香港和澳门之间的海面上。

洪学智说，剿灭万山群岛上的敌人在解放军看来并没有什么可怕的，要是在陆地，定能把敌人打得落花流水。但是要想在岛屿上消灭敌人，就必须渡海作战。

洪学智分析说，解放军所拥有的舰艇，加在一起，总共不超过 1000 吨。这些舰艇，又小、又旧、又慢。但敌人呢，有一个舰队 30 多艘舰艇，它的一艘"太"字号护卫舰的吨位，就超过了解放军江防部队舰艇的总吨位。此外，台湾的舰艇还可以随时前来支援。

也就是说，无论是吨位、火力、数量和速度，还是人员的操纵技术，敌人都占着极大的优势。

然而，洪学智不会在敌人的面前低头，他对大家坚定地说：

> 敌我力量悬殊再大，解放万山的决心也不能改变！我们的口号是与敌人针锋相对，拿下万山群岛，占领祖国南大门，解放整个华南！

在这次会议上，洪学智还强调：在计算敌我双方的力量时，要从大处来分析。解放海南岛以后，敌人是风声鹤唳，惶恐不安；而我登陆部队是胜利之师，斗志昂扬，决心在华南最后一仗中再建功勋。因此，万山群岛战役，在政治思想上对我军是非常有利的。还有，敌人立足未稳，防御工事尚未修筑，这对我方也是有利的。

在海军力量居于劣势的情况下，采取什么打法至关重要。解放军联合指挥所出现过较大分歧，但经过反复讨论，取得了一致意见：逐岛攻击，稳步前进。

采取这样战法的根据是：万山群岛各岛之间相距不远，能够构成火力体系。进可攻，退可守，敌舰的威胁就相对减少，可保证登陆作战次第展开。

联合指挥所搜集海战资料

　　垃圾尾是万山群岛诸岛中的一组重要岛屿。它位于珠江口东侧，是广州、黄埔及珠江各港出海的门户，香港和澳门位其左右，隔海相望，是海上、空中航线的要冲。由于垃圾尾的位置相当重要，敌人的万山群岛防卫司令部就设在那里。

　　垃圾尾岛有一个可以停泊 20 多艘舰艇的良好港湾，叫马湾，敌人的舰艇主力常常停泊在那里。所以，如何打掉马湾内的敌舰艇，占领垃圾尾岛，是解放万山群岛的关键问题。

　　那如何打掉马湾里的敌人舰艇？马湾里目前究竟停泊着多少舰艇，又都是些什么样的舰艇？

　　为了进行海上作战，联合指挥所研究了广东沿海的海图，搜集了有关海战的资料。

　　在当时的条件下，联合指挥所只找到英国纳尔逊指挥海上作战的两本书。在研究中有人建议：以我们的小艇打敌人的大舰，应以"田忌赛马"的计谋去打，即以我弱的对敌强的，以我强的对敌中等的，以我中等的对敌劣等的，三局两胜。

　　为了摸清敌占岛的布防情况和第三舰队的活动规律，联合指挥所派出侦察员，化装成旅客搭乘赴港轮船，在

万山群岛大海战

共和国的历程
乘风破浪

经过垃圾尾、三角岛时进行侦察。

但派出去的侦察员发现，垃圾尾的马湾港内只停靠着几艘小型舰艇。

为进一步准确掌握敌情，联合指挥所再次派团副参谋长张学海率一个加强排实施武装侦察。武装侦察排在垃圾尾岛北侧的牛头岛秘密登陆，但很快被敌人发现，解放军与守岛敌军展开激战，因敌众我寡，损失惨重。张学海带着 8 名战士杀出重围，躲进了一个山洞，一直坚持到 27 天后垃圾尾解放，才返回部队。

这也就是说，当时，还没有掌握到敌人的准确情报。敌人舰队的舰艇都停泊在哪里呢？

眼看时间一天天过去了，洪学智急了。他觉得，牛头岛一仗，敌人大概已经摸清了解放军的意图，可能会加强戒备，那样对渡海作战就非常不利。

如果再拖延下去，等于给敌人提供了充分的备战时间，到时这仗就不好打了。而对解放军来说，解放万山群岛的计划可能又要往后推迟了。

洪学智决心已定，就不会轻易放弃。在认真分析之后，他对战士们说道：

"抓住战机，争取早打！"

解放军决心消灭盘踞守敌

万山群岛位于广东省珠江口外，由垃圾尾、外伶仃、大万山等 48 个岛屿组成，扼华南海上交通的咽喉，历来是兵家必争之地。

解放军挺进广东的时候，国民党驻守广东的头目余汉谋把地方武装李崇诗部 1200 余人封为"广东突击军"，布置在万山群岛。

在海南岛解放以后，国民党海军总司令桂永清奉台湾国民党当局命令，将原驻海南岛的海军第三舰队调到万山群岛，与岛上的地方武装李崇诗部共同担负防守任务，统归"粤南群岛指挥部"指挥。

桂永清的司令部设在垃圾尾岛，即今天的桂山岛，由海军第三舰队中将代司令齐鸿章兼任司令。

这个司令部下辖海军第三舰队及南山卫巡防处，海军陆战队第二旅，青年军第二〇八师第一营，从海南岛撤逃到这里的 4 个连和李崇诗的"广东突击军"等共 3000 余人。有"太和"号护卫舰，"永宁"、"永定"、"永康"号扫雷舰，"中海"号登陆舰和炮艇共 30 余艘，总吨位约 1 万吨。大部分舰艇和陆战队主力驻守垃圾尾岛，部分舰艇驻守担杆列岛等岛屿。"广东突击军"1200余人，分驻在担杆列岛、外伶仃、大小万山和东澳岛。

蒋介石很看重这些沿海岛屿，妄想把它们作为反攻大陆的基地。

国民党自以为万山群岛和大陆隔着茫茫大海，东西可依托香港、澳门支援，又有海军优势，再联想到解放军在金门和登步岛的失利，所以有恃无恐。敌人企图倚仗海上优势，阻止新中国解放万山群岛，以达到"控制万山，封锁海口，策应大陆，准备反攻"的目的。

在海南岛和舟山群岛获得解放后，敌人垂死挣扎，负隅顽抗。

为配合国民党封锁大陆的计划，万山守敌更是丧心病狂，无恶不作。他们敲诈勒索渔民，向往来于港、澳的商船索要"买路钱"，成为沿海的一大祸害。广东的渔民不敢出海打鱼了，对外贸易被迫中断，经济全面滑坡。

国民党残军盘踞万山群岛，也给华南海上交通和渔业生产带来了严重障碍，如果不夺回这个宝岛，肯定会影响沿海地区的安全。

面对如此疯狂的敌人，解放军无论如何也要消灭万山群岛的敌人，并把国民党的势力彻底赶出大陆。

新建海军准备投入战斗

当时，解放军在华南的海军力量还无法和国民党相比。广州解放以后，为了加强海军建设，在广州军事管制委员会的领导下组建了海军接管处。

这个海军接管处由炮兵团团长张尔登任处长，陈志贤任政治委员，负责接管国民党海军起义和投降的舰艇，由此加强解放军的海军力量。

在1949年11月26日，第四野战军总部就下达了如下命令：

> 以海军接管处、两广纵队、粤赣湘边纵队的一部分，组成"广东军区江防部队"，由十五兵团副司令员兼广东军区副司令员洪学智任江防部队司令员兼政委，王作尧任副司令员，黄若萍任副政委，李怀章任参谋长，孙长江任副参谋长，邓楚白任政治部主任。

这支刚刚建立起来的新中国海军还处于起步阶段，但是却在快速地成长着。他们最大的心愿就是用解放军自己的海军去打败敌人。

当时身兼重任的洪学智司令员陷入了思考：是啊，

什么时候，咱们自己的海军也可以大显身手？

带着对中国海军的美好期待，洪学智又匆忙赶往广州江防部队，因为他们的目标就是攻占万山群岛，这是四野解放海南岛之后又一个重要的历史使命。

洪学智来到码头。前方不远的地方就是万山群岛，在薄薄的雾气里，显得美丽而多彩。再抬头看看眼前的军港，那里停靠着解放军的"国楚"舰、"福林"舰、"琼山"舰、"桂山"舰和前不久广东省支前司令部刚移交来的"509"舰，此外还有5艘运输船和一部分步兵登陆舰艇。

洪学智对一旁的王作尧副司令员、黄若萍副政委、李怀章参谋长感慨地说：

"不错嘛，比几个月前阔气多了！我记得几个月前只有'勇敢'、'先锋'、'解放'、'舞凤'、'劳动'、'前进'、'奋斗'和'建设'那几艘小炮艇和几艘交通艇呀。"

"但真正能跑得动、能投入战斗的却没有几艘。"李怀章笑着指不远处的一艘小炮艇说："司令员你看，咱们最大的舰是'桂山'舰，上面也不过是加装了一门陆军山炮和一门战防炮。再看那艘'舞凤'号，还是宣统三年的德国造，要烧木柴，还经常停航，就是跑起来也不比木帆船快多少。"

听到这里，洪学智的眉头皱紧了，原本高兴和自豪的心情也沉静下来，并多了一份思索。

当时他们面临的情况是：有的舰艇几乎是个空壳子，有的主机坏了没配件修复，有的连磁罗盘和海图都没有。舰艇的通信设备更几乎为零，既无电台，又无报话机，彼此联络时只好采用步兵打手电筒的方法，甚至舰艇出海后还要使用信鸽！技术人员的缺乏更严重，不久前，部队不得不调来一些汽车司机，到艇上当轮机兵。

面对这些困难，洪学智镇静地对大家说："舰艇的修复工作还应该加快，特别是要尽可能地安装上火炮。"他继续对大家说："我们应立即做好攻占万山群岛的准备，趁敌人立足未稳，防御工事尚未修筑之际，打他个措手不及，早日打破蒋介石对珠江口的封锁！"

万山群岛大海战

做好陆海军协同作战准备

洪学智率领的十五兵团做好了发动万山群岛战役的准备。广大解放军战士摩拳擦掌，已经迫不及待地想奔赴杀敌战场。

司令部决定以四十四军一三一师为主，广东军区江防部队和部分炮兵配合共同作战，力求干净彻底地把敌人消灭掉。

这次是陆海军协同作战，在解放军战史上还是很少见的。参加这次战役的部队有：一三一师步兵三九二、三九三团，广东军区江防部队，广东珠江军分区炮兵团，一三二师炮兵营，中南军区炮兵 100 毫米加农炮连，五十军无后坐力炮连，一三〇师步炮连，总兵力达 1 万余人。

另配属"先锋"、"奋斗"、"解放"、"前进"、"劳动"号 5 艘炮艇；"509"号、"突击 7"、"突击 10"、"突击 11"、"突击 12"、"突击 14"、"突击 15"、"突击 16"、"突击 17"等 9 艘登陆艇；"桂山"号步兵登陆舰、"国楚"号坦克登陆舰等舰艇共 16 艘；运输船 8 艘。总吨位近 1000 吨。

当时，江防部队的装备十分破旧，最大的一艘舰艇是美制"桂山"舰，排水量 358 吨，装有 76.2 毫米火炮两门，25 毫米火炮 4 门，算是江防部队的"旗舰"。

此外，有些舰艇连航海仪器、海图和通信工具都没有，只好用指南针、普通地图和陆军的报话机来代替。舰艇人员大多来自陆军，不懂航海登陆作战的技巧，有的人连海都没有见过。

1950年5月8日，参战部队在香山县沿海集结。10日，开始思想动员和海上练兵，组织部队学习领会解放万山群岛的重大意义及作战方针、作战计划。组织营以上干部和各级作战、训练部门的人员去四十四军学习解放海南岛渡海登陆作战的经验。

参战部队掀起了海上练兵的热潮，演练渡海登陆作战的战术和技术等课目。

同时，珠江三角洲地区的各县、区、乡成立了支前组织，人民群众积极参加支前工作。

据不完全统计，仅香山县10天内即捐赠大米12.5万公斤、稻谷6.25万公斤、木柴5140担、汽油100多桶。石岐、唐家湾、三灶和澳门附近的渔民和工人，出动350多艘船，参加海上运输和战斗。

香山、宝安等县的渔民和民兵，以出海打鱼为掩护，深入国民党军严密控制的海域，摸清各岛国民党军的兵力部署及活动情况，不断为参战部队提供情报。

虽然解放军的装备远远比不上敌人，但是，在广大人民群众的支持下，战士们都充满了必胜的信念。

万山群岛大海战

敌海军总司令亲自督战

在 1949 年 12 月 14 日，广西战役胜利结束，整个华南地区除了海南岛、万山群岛和西沙、南沙群岛等岛屿外，全都获得了解放。在华南未被歼灭的国民党残余力量，一部分逃到万山群岛。

1950 年，海南岛解放后，一部分残敌也逃到了万山群岛。

国民党海军总司令桂永清奉蒋介石的命令，将败退的国民党海军与原驻守万山群岛的地方部队纠合组成"万山防卫区"。

桂永清为什么会来到万山群岛呢？原来早在 1949 年 6 月，国民党撤退到台湾后，就成立了以阎锡山为首的"行政院"，由阎锡山指挥国民党残余部队继续和解放军对抗，并以各种手段阻碍新中国的成立。

蒋介石命令阎锡山：封锁大陆海区，摧毁大陆经济。

为了实现蒋介石的反动阴谋，"行政院"院长阎锡山立即召开紧急会议，拟订了封锁计划，并规定了封锁范围，这个封锁重点是：华南地区以珠江口为主要对象，华东地区以长江口为主要对象。

为了在国际上给新中国制造压力，国民党"行政院"霸道无理地向世界各国宣布，在上述地区"严禁一切外国籍船舶驶入，一切海外商运予以停止"。

对于国民党封锁大陆的行为，美国首先通过军事援助给予支持，还操纵联合国机构，于1950年5月通过了有美、英、法、澳、比、加、荷、土、菲、泰、新、希等10多个国家参与的对华禁运决定。

就这样，国民党当局对新中国的海上封锁，扩大到国际范围。蒋介石和他的美国支持者，对海上封锁寄予很大希望。

1949年6月30日的国民党《中央日报》断言：

关闭匪区港口，断绝航运，摧毁匪区经济。

但是，随着人民解放军在国内战场上的节节胜利，国民党的势力在解放军的打击下，已经岌岌可危，其封锁的行为也未能改变战争的局面。

到了1950年，在海南岛、舟山群岛相继被解放军占领后，蒋介石反攻大陆的美梦正逐渐走向破灭，万山群岛成了他最后的寄托，希望这里能够成为他反攻大陆的基地和中转站。

为此，蒋介石亲自召见了原国民党海军总司令桂永清，准备让桂永清守卫万山群岛。蒋介石深刻意识到，如果万山群岛也丢失，那么国民党就真的被完全赶出中国大陆了。

桂永清得知蒋介石要召见自己，就让司机开车来到

万山群岛大海战

了蒋介石的住处。

在路上，桂永清还在琢磨，"总裁"会有什么重要任务向自己交代呢，莫不是和万山群岛有关吧？因为国民党的军队刚刚从舟山撤军，如今也只有万山群岛的守军还可以和解放军继续对抗了。

"唉！做一次挣扎吧！"桂永清在心里叹气。他又是一个争强好胜的人，对蒋介石唯命是从。"如果'总裁'把这个任务交给我，以后我肯定会得到器重"。桂永清在心里盘算着。

桂永清来到蒋介石的住处后，蒋介石迎面走了过来，示意他坐下，之后就跟桂永清谈了当时的形势和自己的一些忧虑。

"率真，你下一步有何打算？"蒋介石问。

桂永清想了想答道："我军应该在珠江口进一步强化万山群岛的防务，我打算亲自去珠江口一趟。"

蒋介石笑着说道："对，这个方向是我们封锁的重点，我也正考虑让你亲自去一趟呢，由你坐镇指挥，我很放心！"

桂永清在快要离开的时候，蒋介石又对他强调说："就目前而言，守住万山群岛尤为重要，你亲自去一趟很有必要，但一定要慎重。"

蒋介石说完，桂永清起身告退，打算马上起程去珠海。还没有走几步，蒋介石又把他叫了回来，说道："率真，那次给你的'撤职留任'处分，是不得已而为之，现在决定撤销对你的处分，你就放手地干吧！"

桂永清谢过蒋介石就离开了，回到家里稍事安排，就驱车来到码头，登上一艘"太"字号护卫舰，向广东珠江口驶去。

桂永清乘着"太"字号护卫舰日夜兼程，来到了万山群岛垃圾尾的马湾港，之后，他就召集各级指挥官开会，转达蒋介石的嘱托，并部署有关事宜。

桂永清带着自己的傲气对大家说："我刚从总裁那里来！总裁亲自给我下达了固守万山的指示。你们要把目光放远一点，不要只是盯着几条商船，几条渔船，我们要看到广州市，看到广东省，看到整个大陆。一定要让共产党不得安宁！"

开始军官们都感到奇怪，桂永清的嗓门今天怎么突然变得那么高了，一个撤了官的人有什么牛的，当得知他已"官复原职"时，大家才恍然大悟。

见大家怕他三分，桂永清的嗓门更高了："我来的路上一直在反复琢磨，后来我终于领悟了总裁命令的含意，其实我们固守万山群岛的目的就是'封锁珠江，策应大陆，准备反攻'！"

桂永清的嗓门所以突然变得那么高，还有另一个原因，那就是固守万山的兵力确实强大。

桂永清敲敲桌子，继续对大家说："我们国民党的舰艇还可以随时增加。我们有这么多兵力，难道还对付不了共军那刚刚组建的还没有出过海的江防部队？只是你们要注意严格保密，特别是舰艇行动要隐蔽。我们要给共军这样一个错觉：万山只有几艘舰艇在巡逻。"

但是，再猖狂的敌人也会被解放军的威严吓倒，况且，金门、舟山群岛和海南岛的登陆战，已经给解放军提供了宝贵的经验。因此，十五兵团对解放万山群岛充满信心。

洪学智下达攻击命令

1950 年 5 月 24 日，十五兵团副司令员、江防部队司令员洪学智，下达了攻击万山群岛的命令。

命令决定：在 5 月 25 日发起攻击！

在部队出发之前，按联合指挥所的部署，江防部队的舰艇分为如下三支分队：

第一队为火力队，由"桂山"舰和"解放"、"前进"、"劳动"三艇组成，以一三一师三九二团副团长郭庆隆为队长，江防部队炮艇队副队长林文虎为副队长，任务就是袭击垃圾尾马湾锚地的敌舰队，掩护解放军登陆部队在垃圾尾岛登陆。

第二队为掩护队，由"先锋"、"奋斗"等艇组成，由"先锋"艇教导员于守真带领，其任务是机动于垃圾尾和香港之间，掩护登陆部队的侧翼和截击撤退之敌。

第三队为登陆队，由"509"舰及 8 艘登陆艇组成，装载三九三团两个营的兵力，由团长田作诚指挥，其任务是将登陆部队送上垃圾尾岛。

作战部队的海上指挥所设在"桂山"舰，协调突击队和各舰艇的军事行动。联合指挥所则设在香山县唐家湾的东山，指挥全局作战。

1950 年 5 月 25 日凌晨 2 时，在珠海唐家湾，江防部

万山群岛大海战

队 16 艘舰艇加上被征用的 8 艘民船，纷纷起锚，准备秘密行动，向敌人的阵地发起攻击。

火力队首先起航，一个小时以后，登陆队和掩护队也相继起航，各舰艇飞速前进。舰艇上的解放军战士个个斗志昂扬，充满了战斗的激情。

凌晨 3 时，"桂山"号与"先锋"号各率五六艘炮艇，在夜幕掩护下，分东西两路向万山群岛进发，"桂山"号的任务是直捣敌人心脏垃圾尾岛，因为敌人的海防司令部在此，司令是国民党第一舰队海军中将蒋志鸿。此外，岛上还有国民党的一个炮兵师，防务很强。"先锋号"的目标则是绕到垃圾尾岛后侧，阻截向香港、澳门方向逃窜的敌人。

在漆黑的夜里，浩瀚的海面上没有月亮，海浪也安静地沉寂着，此刻只有轮机的轰鸣声回荡在战士们的耳边，像一首激昂的进行曲，指引着他们前进。

"解放"号炮艇跑在编队的最前面。副队长林文虎站在指挥台上，两眼警惕地在海面上搜寻着，看有没有敌人的船只。

这个林文虎是泰国华侨，当年在泰国时，是著名的拳击运动员，据说曾经在泰国打遍天下无敌手，很多人都是他的手下败将。

抗战爆发后，为了祖国人民的解放事业，他立即回国，参加了中国共产党在华南创建的游击队。林文虎多次参加袭击日军据点的战斗，还曾冒着生命危险营救过一批盟军的飞行员。解放战争中，林文虎成为两广纵队海上游击队的一名指挥员。

在广东沿海，林文虎多次巧妙地袭击国民党军队的舰船，积累了丰富的海上作战经验。他是打起仗来就不要命的勇士，曾经五次负伤。江防部队成立后，他走进了人民海军的行列。

此刻，林文虎站在船头，命令所有作战船只都不要明灯，以免让敌人发现行踪。这次行动要给敌人出其不意的打击。

林文虎不时地提醒信号兵注意观察，眼下是敌强我弱。预料中，这将是一场硬仗。

万山群岛大海战

激战垃圾尾岛

部队出发前，指挥部规定：各舰船以 8 节的航速前进，在天明前登陆。

但没有想到的是，由于缺乏海上指挥经验，加上通信、航海设备不全，各舰船的航速、航向也掌握不准，导致在 20 海里的航渡中，不仅火力队和登陆队互不照应，连火力队各舰艇之间也失去了联系。

当时盘踞在垃圾尾岛的国民党青年军，有一个团的守岛兵力，这个团是蒋介石的"王牌军"。

这个时候，信号兵向林文虎报告："报告队长，不见编队的其他舰只。"

林文虎一惊，但又镇静地说道："继续注意观察。"

凌晨 4 时左右，火力船队副队长林文虎指挥的炮艇"解放"号到了垃圾尾岛的马湾口。

这时，后续部队还不见踪影。

林文虎透过朦胧的海雾，隐约可见海湾内有一片黑块，继续往前一看，不好！马湾里停泊着大大小小的敌人舰艇竟有 20 艘之多。

这根本不是先前侦察到的两三艘小型舰艇，看来敌人早就做了准备。

其中敌人"太和"号护卫舰，排水量 1240 吨，航速可达 19 海里，装有 76 毫米炮 8 门、20 毫米炮 12 门；"中海"号坦克登陆舰，排水量 1625 吨，航速可达 10 海里，装有 40 毫米炮 8 门，20 毫米炮 12 门；3 艘"永"字号扫雷舰，排水量 650 吨，各有 76 毫米炮 1 门，40 毫米炮 2 门，20 毫米炮 6 门。

而解放军的"解放"号是一艘小炮艇，排水量只有 28 吨，最大航速是 10 海里，上面只装着一门 20 毫米火炮，两门 12.7 毫米机关枪。后来为了加强火力，才临时装上一门无后坐力炮。

按照当时的部署，"先锋"号、"奋斗"号攻打左侧，"解放"号、"前进"号、"劳动"号中路突击，右侧由"桂山"号带一个加强连登岛。

第二线还有登陆艇，载着陆用炮及部队。

站在指挥台上的林文虎，望着这个超过自己炮艇 350 倍的大舰队，坚定地下达了命令："只许前进，不许后退！全速开进去，插入敌人心脏，打他个肚中开花！"

林文虎下达攻击命令之后，登陆部队的"解放"号像只小老虎，悄悄地摸进了马湾，冲进敌舰群。

艇长梁魁庭观察片刻，马上分配了火力：两挺 12.7 毫米口径机枪打驾驶台和炮位，20 毫米口径炮打位于敌舰水线以下的舵机、油机部位。

"解放"号边打边走，一直冲到敌人"太和"号护卫舰跟前，和敌人展开激战。"太和"号是敌舰队司令的旗舰。但梁魁庭指挥炮艇由 800 米距离打到 100 米左右。

万山群岛大海战

敌人"太和"号上的齐志鸿，还以为和自己的船只打起来了，就命令信号兵发信号："你们是哪个部分的？"

梁魁庭和指导员王大明没有理会敌人的问话，而是继续命令开炮射击。

炮手顾振华"哗"的一梭子，正好击中指挥台上的敌舰队司令齐志鸿的右臂。

敌军司令受伤后，敌舰上是一片混乱！他们做梦也没有想到解放军的小炮艇胆敢突然来攻击自己的司令部，更没有想到竟敢在总吨位达1万吨的舰队群中横冲直撞。

敌舰队在这千米之内的马湾里已经发挥不了速度快和火力强的优势了。

登陆部队"解放"号越打越来劲，敌旗舰"太和"号被解放军击中，而敌舰"中海"号也中了解放军多发炮弹，燃起了大火。

这个时候，只见这两艘敌舰的甲板上一片慌乱，水兵们光着脚，提着裤子，像老鼠似的，东逃西窜。爆炸声和救命声此起彼伏，响成一片。

在激烈的交战中，天渐渐地亮了。

敌舰队突然发现，那艘战舰原来是解放军的船只。在慌乱中，他们马上组织火力还击。

已经逃到马湾口的"太和"、"中海"两敌舰也停了下来，向登陆部队的"解放"号集中火力拼命射击。敌人疯狂地叫喊着，露出凶恶的嘴脸。

万山群岛上的国民党守军，也开始用各种武器反击登陆部队的"解放"号。千米之内的海湾，被浓浓的烟雾所笼罩。

"解放"号的艇身被打坏100多处。炮手一个一个倒下。主炮发生故障，炮手张定飞中弹倒下，指挥官林文虎前去排除故障，也中弹牺牲。

"解放"号19名艇员已有16名伤亡。负伤的艇长梁魁庭仍指挥炮艇巧妙地打击敌人。

敌舰招架不住，又纷纷向海湾口逃窜。

梁魁庭趁机驾艇冲出火网，撤出战斗，返回唐家湾锚地。

就在敌舰群纷纷外逃的时候，解放军"桂山"号舰突然出现在马湾口，堵住了敌人的去路。

原来，火力船队长郭庆隆为了保证部队安全登陆，决心堵住马湾口，拖住敌舰艇。

解放军"桂山"号是一艘小型炮舰，是解放军火力船队队长郭庆隆的指挥舰，又是整个火力船队中最强的一艘舰。

然而"桂山"号的排水量也不过358吨，只装着2门76.2毫米火炮和4门25毫米炮，仅火力一项，也同样无法与敌舰队相比。

梁魁庭率领的"解放"号撤出战斗后，敌人所有炮火都转向"桂山"号，发起了猛烈的攻击，解放军战士顽强抵抗，决心与敌人战斗到底。

解放军"桂山"号出现了人员伤亡，舰体数处中弹，

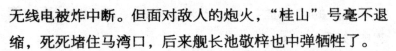

无线电被炸中断。但面对敌人的炮火，"桂山"号毫不退缩，死死堵住马湾口，后来舰长池敬梓也中弹牺牲了。

在这种情况下，郭庆隆亲自指挥舰艇逼近敌舰，但"桂山"号燃起了大火，形势万分危急。

"桂山"号炽烈的火焰，照亮了天空，阻塞了舰内前后上下的通路，驾驶室成了火烟筒。浓烈的烟雾，使战士们透不过气来。但是，"桂山"号的英雄们，仍然把敌舰堵截在马湾口。

郭庆隆决定抢滩登陆，把舰上的陆军送上岛去，和敌人进行陆地战。"桂山"号冒着敌人的枪林弹雨，拖着燃烧的火焰，迅速向滩头冲去。

大火已经封闭了舱口，机舱里被熏得再也待不住人了。但是，要是没有人指挥舰艇前进，"桂山"号就无法抢占滩头。

在这生死关头，轮机兵温国兴，坚决要其他战友迅速离开，他大声说："我是共产党员，你们都走！"

后来"桂山"号抢滩成功，而战士温国兴却倒在了机器旁，献出了宝贵的生命。

靠近海滩后，"桂山"号舰上的陆军士兵纷纷跳海登陆，水兵们用各种火器掩护着陆军战士同岛上的敌人展开殊死搏斗。

队长郭庆隆的腿部负伤，但仍架着机枪一边打一边大声喊道："同志们，抢占山头，我们掩护你们！"

郭庆隆又举起冲锋枪，率领水兵跳上岸，追上大部队，协同陆军战士向山头冲去。

战斗结束后发现，队长郭庆隆及"桂山"号绝大部分人员都壮烈牺牲了。

当"解放"号和"桂山"号袭击马湾的时候，在垃圾尾岛以东海面担任侧翼警戒的"先锋"号，突然与敌人"25"号炮艇相遇并交火。

敌人"25"号是艘铁壳炮艇，排水量为100吨，装有火炮。这条在珠江口经常袭扰百姓的舰艇，号称"海上霸王"。

"先锋"号和敌人"25"号差距很大，排水量为160吨，可是火炮小，最大口径只有13毫米，又是木壳艇。和敌人的舰艇相比，简直是天上和地下。

但敌人的"25"号一时没有识别出"先锋"号的身份，便发信号询问。

"先锋"号指导员于守真命令一面回信号迷惑敌方，一面快速接近敌人。

天亮后，敌军发现我军的"先锋"号就是他们原来的"高明"号。

了解此艇性能的敌人于是派出船坚炮利的炮艇"26"号，企图撞沉"先锋"号。他们开足马力猛冲过来，400米、300米、200米……"先锋"号与我军另一艘"奋斗"号紧密配合，集中火力射击。但除了炮弹撞击钢铁的叮当声外，敌舰丝毫无损，原来敌舰是由特种钢制成的。

万山群岛大海战

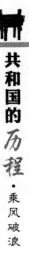

情况越来越紧急，"先锋"号艇长何宝安急中生智，奋不顾身，下令安装在驾驶台顶部的两门火箭筒准备发射，一直冲到离敌"25"号几十米处，才对准它的指挥台及炮位猛烈射击。

在这种情况下，敌艇"25"号变得不知所措，匆忙转向，企图拉大距离。

"先锋"号上的所有枪炮对准"25"号又是一阵猛打。

敌艇长当场毙命，艇上的火力全部被"先锋"号压住了。

"靠上去，抓活的！"于守真命令。

艇长何宝安指挥炮艇迅速向"25"号靠去。陆军排长蔺善禄一声令下，一排手榴弹甩到了敌艇上。

就在快要靠近敌人舰艇的时候，蔺善禄端着冲锋枪跳了过去。

某班班长孙之禄也带着几个战士跳上了敌艇，这个所谓的"海上霸王"马上被解放军控制住了。

敌人装备虽强，但士气低落，交手才不过十几分钟，敌艇长便被击毙，艇上举起了白旗。

正当"先锋"号控制"25"号炮艇的时候，解放军"奋斗"号也同敌"26"号炮艇接上了火。

敌"26"号炮艇要比"25"号炮艇略大，也是个"海上霸王"。

解放军"奋斗"号却是一艘60吨的木壳艇，最大的一门火炮只有 13 毫米，航速只有 8 节，跑起来像只"老水牛"。所以，"奋斗"号要想打败"26"号，不可以硬拼，必须采用巧妙战术。

敌艇"26"号老远就向"奋斗"号开炮射击。"奋斗"号副艇长张锦伦指挥炮艇冒险靠近敌艇，接近后才下令战士开火。

敌艇"26"号炮艇见"奋斗"号是木壳的，跑得又慢，便转向假装逃跑，然后转了大半圈，突然对准"奋斗"号拦腰冲过来。敌人是想用它的铁壳撞击"奋斗"号。

副艇长张锦伦识破了敌人的诡计，迅速转向，避开了敌艇的撞击。就在两艇迅速接近的时刻，解放军战士扔过去一排手榴弹。

敌艇"26"号见自己的诡计被识破，又疯狂向"奋斗"号反扑。

这个时候，"奋斗"号副艇长张锦伦右腿负伤，左胳膊也流着血，但他仍然对战士们大声喊："狠狠地打！"

敌艇"26"号艇再次向"奋斗"号撞来，解放军炮手们巧妙地把所有炮火一起打到敌艇上。

刹那间，敌艇"26"号驾驶台倒塌，黑烟笼罩着整个海面，有一些敌人跳海逃跑。

敌艇"26"号趁机逃窜，但没逃出多远，就在爆炸声中沉入了大海。

奇袭垃圾尾岛的海战首战告捷，从根本上动摇了敌

万山群岛大海战

人的军心，致使敌人弃岛逃窜。

解放军部队于 5 月 27 日全部占领了垃圾尾岛及其周围的牛头岛、中心洲、大头洲等岛屿。

至此，万山群岛战役的第一阶段战斗胜利结束了。

攻占大小万山诸岛

垃圾尾海战后，国民党当局企图迫使解放军撤退，一面命令其受伤舰艇返台，一面又增派十余艘舰艇，由马壮谋任指挥，增援万山群岛。

敌人企图封锁海面，袭击解放军运输船队，切断运输线，以此来阻止解放军攻占其他岛屿，但是解放军是不会让敌人的阴谋得逞的。

1950年5月29日，解放军江防部队"509"号登陆艇为登岛部队运送物资航行到青州、三角山岛西北海面时，遇到国民党海军舰艇的拦击。

"509"号艇指战员毫无惧色，马上开炮还击，迫使敌舰后撤。

5月30日下午，国民党海军又派4艘舰艇进至三角山岛以西海面，向解放军守岛部队发起疯狂攻击，气焰十分嚣张。

解放军守岛部队沉着应战，将国民党军舰引进来。在敌舰进到两海里距离时，解放军突然向敌人的舰艇猛烈射击，击中国民党海军舰艇三艘。

国民党的舰艇招架不住，开足马力逃跑了。

到了5月31日，解放军第三九三团以一个加强排的兵力，占领了东澳岛。

万山群岛大海战

　　而6月5日，解放军第三九三团以两个连21个排的兵力，于7时向大、小万山岛发动攻击，到中午的时候，占领了大、小万山岛。当日，该团又相继攻占了白沥、竹洲和横洲岛。

　　这时，解放军第二步作战计划也胜利完成。

　　国民党海军舰艇被迫退到外伶仃岛和担杆列岛海域，但他们不甘心失败，妄图卷土重来。

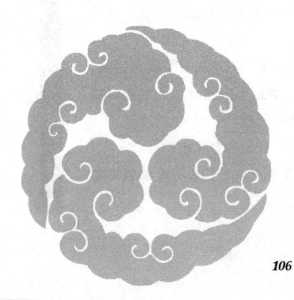

解放军稍事休整

解放军占领大、小万山岛后，进一步控制了一部分海域。

在前两个阶段作战中，我海防部队的舰艇也受到损伤，有的被敌人击毁，有的被敌人击伤，还有的因触礁而不能使用，再加上中间刮了一次台风，又损伤了一些。因此，战斗力大大削弱。

为恢复战斗力，以利再战，洪学智和联合指挥所研究决定：休整 20 天。

部队休整期间，各海战单位总结经验教训，加强侦察，调整组织，抢修舰艇，从而使指战员思想上得到了提高，舰艇也得到了一定恢复。

敌人乘我军休整之机，又增加了兵力：

蒋介石从台湾第一舰队调来舰艇增援第三舰队，其中包括"信阳"号、"衡阳"号驱逐舰和两艘炮舰。相比之下，敌我力量悬殊的状况不但没有改变，反而还在不断扩大。

为了完成第三阶段的作战任务，洪学智报请叶剑英批准，改装了 8 艘商船，分别在上面架起了陆上用的山炮和战防炮。又弄来一艘趸舰，上面架设了一门 100 毫米的加农炮。

万山群岛大海战

趸船上装加农炮，用拖船拖，是个流动炮台。这些舰艇集火力、输送功能于一身，一舰多用，可以和敌大型舰艇较量。

所谓趸船，就是人们常见的浮码头。它是匣形平底，没有动力，只供船只停靠，也没有铁锚，行动时全靠其他舰船拖带。

为了夺取最后胜利，在 6 月上、中旬，参战部队进行了短期休整，吸取垃圾尾海战中舰艇相互失去联系的教训，总结前一段作战的经验。

为了统一协同动作，组成了由步兵、炮兵和舰艇指挥员参加的联合指挥机构，实施渡海登岛作战的统一指挥。为了创造作战的有利条件，还采取了一系列措施：

舰艇部队调整了军政干部，充实了战斗骨干。

加强已占领岛屿上陆军部队的火力。分别在 4 艘艇上架设山炮或 57 毫米战防炮。

在一艘战船上架设 100 毫米加农炮，用拖船拖带机动作战。

加强对国民党海军活动的侦察工作，注重掌握国民党海军舰艇的活动规律，积极准备第三阶段的战役。

6 月 10 日，第三九二团以两个排的兵力，配属两门山炮，攻占隘洲岛。然后即在隘洲、大小蜘洲等岛上，设置了观察哨所。经过 10 多天的反复侦察，掌握了国民党海军舰艇的活动规律。

三门岛上没有国民党守军，他们白天在三门岛海域巡逻的舰艇，夜间返泊于外伶仃岛或担杆列岛港湾内。

根据搜集的情报，决定第三步作战的行动方案是：

首先派舰艇利用黑夜驶抵三门岛，设下伏击圈，然后诱敌靠近后，即以岛上和舰艇上的火炮，集中火力射击，给国民党海军舰艇以致命打击，尔后攻占外伶仃岛。

在垃圾尾岛海战后，敌第三舰队受到重创。"太和"号护卫舰、"中海"号登陆舰、"永"字号扫雷舰都曾中弹起火，一艘炮艇沉没，其余均有损伤。台湾当局于是责令全部回台"整饬"。

万山群岛大海战

夜袭三门岛

　　为了扭转局面，阻止解放军攻岛。国民党调第一舰队"信阳"号驱逐舰，"营口"、"泰安"两艘炮舰和"太"字号护卫舰两艘，"中"字号登陆舰两艘，"永"字号扫雷舰两艘，另有大型炮艇多艘加强实力。

　　这些舰艇由国民党将领马壮谋接替齐鸿章指挥，敌人这10多艘大型舰艇，以外伶仃海湾为泊地。每日轮流到海上游弋显威，炮击解放军已占岛屿，袭击解放军运输船队，企图阻止解放军后续部队登岛。

　　解放军的海军用两艘已改商船、英制老式登陆舰"琼林"号、"福林"号和原有"国楚"号登陆舰、"509"号登陆艇，再加上一条趸船、一条拖船一起，组成海上编队。

　　这个编队全是登陆舰艇，似乎只可以完成输送任务。其实，它们火力很强，不次于同吨位的炮舰。因为学习"509"号登陆艇架山炮打敌舰的经验，根据舰艇承受能力，均装上不同口径的陆炮，其中有山炮、野炮、战防炮，还有远射程大口径的加农炮。

　　6月26日夜，解放军海上编队从隘洲岛隐蔽航渡到无守军的三门岛，静悄悄地把陆军炮兵部队送上了岛。卸装后，舰艇便进入预定阵位抛锚待机，相机诱敌。

6月27日清晨，敌"永"字号扫雷舰照例从外伶仃驶出，航至三门岛海域。

趸船停妥后，把100毫米的加农炮瞄准了外伶仃锚地，对敌舰艇进行猛烈轰击。

27日上午7时多，敌"信阳"号驱逐舰带伤率编队游弋，趸船上的100毫米加农炮又怒吼起来。双方激战了几十分钟，最后还是敌人败下阵来，退到担杆岛，趸船又获胜。

我趸船二战敌舰艇，被香港和澳门的人民远远地看见了，但是他们看不见水下有没有铁锚，也看不见它的"肚子"里有没有机器，只是凭着各自的想象力进行描绘，并广为传播，而且越传越神，到后来竟说成是：

中共一艘巡洋舰抛着锚同国民党海军舰队展开了大战！

这个传奇故事，一直流传着。

解放军舰艇采取先发制人的方法，抢先开炮把敌舰击伤。受伤的敌舰向其舰队发出求救信号，通报海上编队情况。这正中了解放军的计，那就是引蛇出洞。

敌人以"营口"、"泰安"炮舰为先导，"信阳"号驱逐舰居中，护卫舰、扫雷舰殿后，匆忙向三门岛海域开来，妄图和解放军的海上编队决战。

当敌舰进入解放军预定火力圈时，岛上、舰上的火

万山群岛大海战

炮一起向敌人发起攻击。

水柱在敌舰周围高高掀起，场面十分壮观。敌人万万没有预料到，岛上有解放军的大炮，小艇上也有大炮。但敌舰毕竟经过美式训练，有美军的顾问陪同，受此伏击，并没有溃散逃窜。

由于解放军岸上的火炮、舰艇上的火炮都是陆炮。用陆炮打击敌人的舰艇，火力虽猛，但命中率低，所以敌舰损伤不是十分严重，但威风却被打下去了。解放军海上编队在岛上炮兵的掩护下，队形有序，从容对敌。

海战持续了 5 个小时，解放军打沉敌炮艇一艘，打伤扫雷舰、炮艇多艘。"信阳"号驱逐舰也中弹，人员伤亡无数。

解放军"国楚"号中弹一发，伤三人，以极小代价赢得了这次海战的胜利。

海战发生在白天，而且持续时间长，港澳往来船只都看得清清楚楚。有记者报道说：

中共海军英勇无比，军舰抛锚沉着抗敌。

后来传为佳话，所谓"伶仃洋抛锚大战"。

这次海上战斗，只有半天的时间，经过激烈交战，击沉了国民党海军炮艇 1 艘，击伤 5 艘，包括驱逐舰 1 艘、扫雷舰 2 艘、炮艇 2 艘。

27 日战斗后，国民党海军舰艇不得不退守担杆列岛。

7月1日5时，江防部队登陆艇8艘，运载三九二团两个加强连，配珠江军分区炮兵团一个连，一举攻占外伶仃岛。

至此，胜利完成第三步作战计划。

国民党舰队自三门岛海战失败后，不敢再轻举妄动了。在无可奈何的情况下，只好溜走了。

攻占担杆、佳蓬列岛

国民党海军舰艇在三门岛、外伶仃岛海面受到重创后，便收缩到担杆列岛海域。当时正值台风季节，其舰艇无处停泊避风，供应日益困难。12日，国民党海军舰艇只得撤往台湾。

担杆、佳蓬岛上的国民党守军，一部逃散，一部撤往南鹏岛，仅留下"广东突击军"第八特务营140余人，独自防守担杆本岛。

8月3日15时，解放军以三九二团两个加强连，配属山炮两门，分乘三艘登陆艇，在"先锋"、"奋斗"炮艇的掩护下，突袭登陆。

登陆部队经过数小时激战，攻占了担杆列岛，国民党守军全部被歼，俘敌140余人，缴获武装艇一艘。

8月4日，解放军登陆部队又乘胜攻击并占领了直湾、北尖、佳蓬各岛。

到8月7日，进占蚊尾洲岛。

这时，整个万山群岛宣告解放。

这次战役，从1950年5月25日至8月7日，历时75天，解放了40多个岛屿，歼灭国民党军700余人，是一次战果辉煌的渡海战役。

此役，毙伤国民党海军第三舰队中将代司令齐鸿章以下 500 余人，俘获上校科长卢昌杵以下 192 人，击沉国民党海军舰艇 4 艘，击伤 11 艘，缴获各种艇船 11 艘、火炮 14 门、各种枪械 280 支、各种炮弹 3550 余发、各种枪弹 5.5 万余发。

解放万山群岛战役的胜利，受到中央军委、海军、中南军区的嘉奖。

毛泽东高度评价万山海战

毛泽东主席对万山海战给予了高度评价，他赞扬道：

这是人民海军首次英勇战例，应予表扬。

1950 年 8 月，为表彰"先锋"号的光辉战绩，中央军委下令，将它命名为"海上先锋艇"。

万山群岛战役的胜利，清除了台湾国民党当局在华南沿海的最后立足点，打破了国民党军对珠江口的海上封锁。这对于新中国巩固海防和保证海上渔业生产以及交通运输的安全，都具有极其重要的意义。

万山群岛战役，是解放军陆海军首次联合渡海登陆作战。

木艇打沉了钢艇，这是典型的以小胜大、以弱胜强的战例。它是中国海战史上的第一次，也是世界海战史上的奇迹。

战役结束后，中央军委和海军、中南军区发来贺电，表彰了参战部队。

对于党中央和毛主席的肯定，战士们是欢欣鼓舞，他们终于取得了胜利，给祖国和人民交了一份满意的答卷，更得到了广东人民的拥戴。

这次战役的胜利也引起了社会各界人士的关注，所有的人都相信，国民党退出历史舞台已经成为历史的必然，其反攻大陆的阴谋也不会得逞。

　　后来，根据中央的指示，广东省人民政府为表彰"桂山"舰的英雄业绩，把"桂山"号抢滩登岛的垃圾尾改名为桂山岛，又在"桂山"号抢滩的滩头，建立起一座高大的纪念碑。

　　广东省人民政府又在解放军登陆点"钓庭湾"的一块高大岩石上凿上了"桂山号英雄登陆点"八个大字，石旁竖起一个高大的纪念碑，上面镌刻着：

解放垃圾尾岛烈士永垂不朽

　　在"先锋"艇退役之后，广东省人民政府把这个英勇杀敌的舰艇运到黄埔岛供人们参观。

　　在黄埔岛上，还为林文虎烈士建立了纪念碑，让人们永远悼念他。

　　正是林文虎一样的烈士，用鲜血换来了祖国美好的明天。

　　在台湾的蒋介石，则不得不竭尽口舌之能事，为在大陆沿海的失败进行辩解遮掩，他依然不愿放弃自己反攻大陆的阴谋，想尽办法为自己开脱。

　　蒋介石用自欺欺人的表白和空头的政治支票，再一次勾画出的只能是贻笑历史的丑角脸谱。

万山群岛大海战

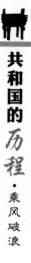

　　舟山群岛和万山群岛战役的胜利，给蒋介石一个响亮的巴掌，国民党军队不但伤亡惨重，而且被他们视为反攻大陆的基地也丢失了。

　　历史最终证明，邪恶是永远无法战胜正义的！

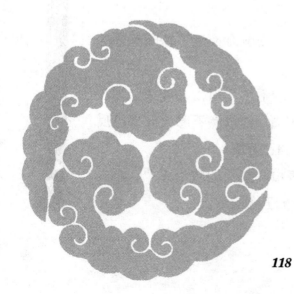

参考资料

《国史全鉴》本书编委会编著 团结出版社

《四野十大主力传奇》魏白著 黄河出版社

《大决战：纵横中南》凌行正著 长征出版社

《中国革命战争纪实》金立昕著 人民出版社

《大决战威震华东》史振洪等著 长征出版社

《解放战争大全景》豫颍主编 军事谊文出版社

《解放军英雄传》本书编委会著 解放军出版社

《四野1949》傅静 铁军 宣村著 黄河出版社

《五十年国事纪要》余雁著 湖南人民出版社

《十大王牌军》本书编委会编著 广西人民出版社

《台海对峙六十年》本书编委会著 中华传奇出版社

《第四野战军战史》本书编委会编著 解放军出版社

《第四野战军征战纪实》魏碧海著 解放军文艺出版社

《震撼人心的历史瞬间》樊易宇 邓生斌著 长征出版社

《华东军区：第三野战军简史》王辅一著 中共党史
　　出版社

《雄师铁马：解放战争纪实》（上下册）李作民著
　　中共党史出版社

《中国人民解放军第三野战军战史》本书编委会著
　　解放军出版社